GENTE ÀS JANELAS
CRÔNICAS

JOÃO DO RIO

Seleção e apresentação
GRAZIELLA BETING

CARAMBAIA
10 ANOS

SUMÁRIO

INTRODUÇÃO 4

KODAKS DA VIDA 20

O RIO CIVILIZA-SE 48

A POBRE GENTE 80

FRÍVOLA CITY 114

AMORES E NEVROSES 154

HISTÓRIAS DO MOMENTO 218

INTRODUÇÃO

Crônicas não foram feitas para durar. Elas são textos breves, por natureza efêmeras, escritas geralmente de um dia para outro, com um lastro na realidade do noticiário e outro na ficção, em doses bastante variáveis dessa combinação.

Publicar uma seleção de crônicas de jornal cerca de um século depois de elas terem nascido é, portanto, um aparente contrassenso. Mas, quando João do Rio escrevia uma crônica, sabia estar criando algo mais que um texto perecível. Fosse para descrever uma partida de futebol — o estreante *foot-ball* —, discutir as reformas na cidade, relatar uma recepção da alta roda carioca ou visitar um presídio.

Ele mesmo afirmou isso num texto deixado no meio de seus arquivos, encontrado por sua mãe, Florência Barreto, e publicado dois anos depois da sua morte no jornal *A Pátria*: "Se a minha ação no jornalismo brasileiro pode ser notada é apenas porque desde o meu primeiro artigo assinado João do Rio eu nunca separei jornalismo de literatura, e procurei sempre fazer do jornalismo grande arte".

Um texto híbrido de ficção e reportagem, de invenção e realidade, tornou-se a marca distintiva da produção de João do Rio, assim como dos tantos outros pseudônimos usados por Paulo Barreto ao longo de sua carreira. E tudo isso era uma novidade para a imprensa do início do século.

João do Rio foi repórter numa época em que redator de jornal pouco saía do gabinete de trabalho. Ele percorreu os subterrâneos da cidade para entrevistar o povo quando ninguém parava para escutar a pobre gente. Ele usou sua pena para denunciar as más condições de vida da gente humilde, mas também para descrever os ambientes requintados, os hábitos importados e luxos variados dos ricos. Ele subiu o morro para desvendar ao leitor o que era uma favela numa época em que "Favela" ainda era nome próprio. Ele flanou pela Avenida Central e frequentou seus teatros, reuniões, chás e eventos mundanos — e até acabou gostando disso.

João do Rio percorreu o mundo, foi amado e odiado. Fez rir, fez chorar, colecionou admiradores e desafetos. Ele levou a reportagem para a crônica, e o estilo literário, a criação de diálogos, o humor, a ironia, para a reportagem. Renovou o modo de fazer jornalismo e ajudou a fundar a crônica moderna — presente ainda hoje nos principais jornais brasileiros.

Por tudo isso, achamos que vale a empreitada de exumar os textos desse escritor-jornalista das coleções de jornais envelhecidos e apresentá-los ao leitor do século XXI.

VIDA VERTIGINOSA

João do Rio foi objeto de duas principais biografias. A primeira delas data de 1978, escrita por Raimundo Magalhães Júnior, autor de uma série de retratos de escritores do século XIX e início do XX. Depois dele, o jornalista João Carlos Rodrigues fez uma extensa pesquisa sobre a vida e obra do autor que resultou na biografia publicada em 1996 e atualizada em 2010.[1]

O cronista que circulou com a mesma naturalidade entre a alta sociedade e a gente humilde das ruas tem a própria história vinculada a grupos sociais de universos bem distintos. Sua mãe, de origem humilde, nasceu de uma relação não oficial entre um médico-cirurgião famoso e uma moça negra analfabeta. O pai vinha de família ilustre do Sul, que tinha barão, visconde e até ministro. Ele era professor no prestigioso colégio Pedro II e fervoroso defensor do positivismo de Auguste Comte. Estava terminando sua tese sobre logaritmos quando João Paulo Alberto Coelho Barreto nasceu, em 8 de agosto de 1881.

A estreia do jovem Paulo Barreto no jornalismo se deu pelo *Cidade do Rio*, diário dirigido por José do Patrocínio. O abolicionista teria dado o emprego ao jovem, de menos de 18 anos e sem experiência, como um gesto de retribuição à família — ele mesmo conseguira o primeiro emprego graças ao avô de João do Rio.

No jornal de Patrocínio, o estreante publicaria uma série de críticas de teatro, arte e literatura, sob pseudônimos, como Claude, ou assinando apenas com suas iniciais. O primeiro texto fora desse registro — e a sair assinado como Paulo Barreto — foi *Impotência*, um conto publicado em 1899, e, no ano seguinte, *Ódio* — ambos reproduzidos nesta coletânea.

Nesses primeiros textos, já se vislumbram vários temas que apareceriam ao longo de toda a sua obra: os amores e as nevroses, as taras inconfessáveis, a homossexualidade, o apuro es-

---

1 Os dados biográficos aqui presentes têm como fonte esses estudos, além de levantamentos pessoais. Raimundo Magalhães Júnior, *A vida vertiginosa de João do Rio*, Rio de Janeiro, Civilização Brasileira, 1978; João Carlos Rodrigues, *João do Rio, uma biografia*, Rio de Janeiro, Topbooks, 1996, e *João do Rio, vida paixão e obra*, Rio de Janeiro, Civilização Brasileira, 2010.

tético do dândi. Características que fazem com que alguns críticos relacionem sua produção, sobretudo ficcional, à literatura decadentista, *fin de siècle*, então em voga na Europa. Sem dúvidas ele foi um leitor atento de Charles Baudelaire, Gabriele D'Annunzio ou Oscar Wilde, para tomar apenas exemplos citados com frequência em suas crônicas. De Wilde, aliás, ele foi um dos principais difusores no Brasil, responsável pela tradução de peças, ensaios e, sobretudo, de sua obra mais conhecida, *O retrato de Dorian Gray*.

Em 1903, Paulo Barreto entrou na *Gazeta de Notícias*, onde passaria a maior parte de sua carreira. Representante da imprensa moderna, o jornal reproduzia as tendências internacionais, destinando mais espaço à literatura e à crônica e menos aos textos opinativos. Foi nas páginas desse jornal inovador que nasceu o pseudônimo com o qual ficaria mais conhecido, João do Rio.

PARIS DOS TRÓPICOS

Sua chegada à *Gazeta* coincide com o início da maior reforma já realizada no Rio de Janeiro. Uma verdadeira "cirurgia urbana", nas palavras do jornalista, que logo se tornou um dos arautos dessas transformações. E também um de seus críticos mais ferozes.

Pouco mais de uma década depois da proclamação da República, a capital vivia uma verdadeira explosão demográfica. Tinha passado de menos de 230 mil habitantes em 1872 para mais de 500 mil. Todo esse crescimento gerou uma grave crise habitacional e a ocupação desordenada do centro da cidade, no qual a população se acumulava em cortiços e alojamentos precários, em ruelas estreitas e insalubres, onde doenças como febre amarela, malária, varíola e gripe espanhola se disseminavam com facilidade. A ponto de, no início de 1900, navios estrangeiros começarem a evitar atracar nos portos do Rio.

As obras duraram mais de dez anos e baseavam-se em três eixos: o saneamento do centro da cidade, a modernização do porto e o redesenho de ruas e avenidas. A ideia era transformar a capital da República em uma cidade moderna, civilizada e, também, "higiênica", em termos de saneamento.

O novo desenho da cidade inspirava-se nas reformas realizadas décadas antes em Paris, quando surgiram os grandes bulevares. No Rio, a ideia era alargar as antigas vielas e becos do centro e rasgar novas vias de circulação para receber os bondes elétricos e automóveis. O grande símbolo desse novo urbanismo seria a abertura da Avenida Central (hoje Rio Branco), uma grande artéria que cruzava o centro da cidade de mar a mar.

A Avenida Central resumia o espírito do que a capital queria ser: uma "vitrine da civilização", na expressão do historiador Jeffrey D. Needell. A via recebeu postes de iluminação elétrica e foi bordeada por palacetes com fachadas em estilo *art-nouveau* que abrigavam lojas chiques, hotéis, restaurantes e confeitarias, tornando-se logo o ponto de encontro da alta sociedade. A "gente de cima", como dizia o jornalista.

As obras tinham um mote, que era repetido por toda a imprensa: "O Rio civiliza-se". Para o cronista, a cidade vivia um "esforço despedaçante de ser Paris".

João do Rio, o pseudônimo, nasceu nesse contexto. Ele estreou numa série de artigos que tinham como título "A vida do Rio" e eram destinados, justamente, a identificar personagens dessa cidade em transformação. O primeiro, de 3 de maio de 1903, é uma entrevista — ou "um *interview*", como anuncia, utilizando o termo no masculino e no idioma no qual o gênero jornalístico surgira, havia pouco tempo, na imprensa norte-a-mericana — com um "amigo íntimo" do prefeito do Rio, Pereira Passos, descrevendo-o. Nas semanas seguintes, a série abordaria outras figuras da cidade, como a Irmã Paula ou um ministro.

Logo essa série deu origem a uma coluna fixa, diária, com o título "A Cidade", em que o autor — agora assinando como "X." — aborda as mudanças que ocorriam no Rio de Janeiro; muitas vezes enaltecendo o progresso (como quando fala da instalação da iluminação no Passeio Público, da construção de calçadas), mas outras tantas sendo bastante crítico e irônico, impiedoso sobretudo com o atraso das obras.

João do Rio soube, como poucos, captar o momento de transformação da cidade e mostrá-lo sob seus vários ângulos. Nem governo nem imprensa acompanhavam, por exemplo, o que estava acontecendo com o grande contingente de pessoas que perderam suas casas no centro. As obras exigiram a demolição de mais de 590 imóveis populares do centro antigo — sem oferecer habitação alternativa para os moradores. Foi o chamado "bota-abaixo".

Enquanto suas habitações eram botadas abaixo, as pessoas se instalavam onde podiam. Foi o início da ocupação dos morros vazios próximos ao centro, nas hoje chamadas favelas.

POCILGAS INDESCRITÍVEIS

Ainda no primeiro mês na *Gazeta*, João do Rio tomou uma atitude que seria a marca principal de seu trabalho: resolveu subir o morro para ver de perto como viviam essas pessoas e conversar com elas. Nascia, assim, na imprensa brasileira, a figura do repórter moderno.

— Se tens coragem, vai lá acima. Eu fico. Muito cuidadinho com a pele. Adeus!

Com essa fala, atribuída a um "prudente cavalheiro" que guiou o escriba até a entrada do morro, inicia-se a crônica *Na Favela — trecho inédito do Rio*, estampada na primeira página da *Gazeta* no dia 21 de maio de 1903. Segue-se uma minuciosa descrição do que o repórter encontra ao subir o mal-afamado Morro da Providência. Ele mostra como são feitas as casas — "são baiucas, são pocilgas, são indescritíveis" —, quem são as pessoas que moram — ou antes "se acumulam" — ali, espanta-se com o fato de que se cobre aluguel para viver naquelas "casas lôbregas".

O visitante sobe ao píncaro do morro e explica por que o lugar é chamado de Favela, em referência à região, em Canudos, de onde vieram as pessoas que se abrigaram ali, depois de terminada a guerra — "os mais ousados facínoras", explica.

Ao final da crônica, assombrado com o que vira, o autor demonstra certo alívio ao considerar que, pelo fato de revelar, no principal jornal do país, o que encontrou ao subir o morro, "o ilustre Prefeito naturalmente providenciará para mandar demolir essas vergonhas".

O texto não está assinado. Mas a data, os temas e, sobretudo, o estilo inconfundível, com a técnica de criar cenas com diálogos e personagens, mesclando recursos narrativos aos jornalísticos, além da citação a fontes francesas logo no início do texto, não deixam dúvidas de que se trata de uma crônica de João do Rio.

A suspeita é reforçada ao ler outro texto, esse assinado, que ele publicaria cinco anos depois, *Livres acampamentos da miséria*, na qual ele repete a façanha e sobe outro morro, o Santo Antônio. A crônica é montada no mesmo estilo, com um personagem que também funciona como uma espécie de guia do repórter ao local, e traz até comentários similares.

Era uma nova forma de fazer jornalismo. Ao longo do tempo, ele levou seus leitores — já fiéis — aos meandros e subterrâneos da cidade, suas vielas e círculos do vício, apresentando um Rio de Janeiro sobre o qual ninguém falava. Tudo isso pontuado por uma boa dose de humor e ironia — que se tornaria uma das características da crônica, quando ela se definiu como gênero. Outro detalhe de suas empreitadas que chamou atenção de seus contemporâneos: ele reproduz os diálogos exatamente como as pessoas falam. Como resultado, seus leitores tiveram acesso a um texto sem o rebuscamento tradicional da imprensa da época, que refletia o português das ruas.

A SOCIEDADE DO FIVE O'CLOCK

Em suas andanças — ou *flâneries*, como ele, que não se furtava a usar expressões em outros idiomas, definia —, João do Rio pôde verificar que, findas as reformas, muita coisa mudara na capital federal. Ele, que buscava ver "com os olhos de olhar a evolução do viver urbano", detectou outro fenômeno: o surgimento de uma "sociedade que nasceu com a inauguração da Avenida Central e vive como espelho de Paris".

A elite burguesa que se desenvolvia no país aparentemente só estava esperando a "vitrine da civilização" ficar pronta para assumir novos hábitos, como a moda das viagens à Europa, o costume de receber amigos para um chá às cinco da tarde — o *five o'clock* —, ir a récitas no Municipal, deslocar-se em automóveis.

Inspirado por esse espírito de modernização, o jornalista assumiu, em 1907, uma nova seção na *Gazeta*, com o título "Cinematographo" — em homenagem à invenção que acabara de aportar na Avenida. Nova coluna, novo pseudônimo. É como Joe que ele apresentaria esse "período curioso de nossa vida social, o da transformação atual dos usos, costumes e ideias".

Perto de 1910, João do Rio viveu o ápice de sua carreira. Publicou em vários jornais e revistas, tornou-se um fenômeno de vendas nas livrarias, editando coletâneas das crônicas publicadas na imprensa. Conquistou uma cadeira na Academia Brasileira de Letras, publicou um romance-folhetim e se revelou também um dramaturgo de sucesso.[2] Fez longas viagens à Europa e ao Oriente Médio, enviando reportagens e entrevistas de lá, e, a cada retorno, era sempre recebido por uma multidão que o esperava no porto.

Em 1915, ele trocou a *Gazeta de Notícias* — da qual se tornara diretor de redação em 1911 — pelo *O Paiz*, o outro grande jornal da época, cuja sede ficava na Avenida Central. Ali, inaugurou a coluna "Pall-Mall-Rio", na qual assinava como José Antônio José. Foi sua entrada definitiva na *high-life* dos círculos burgueses. E o João do Rio observador da miséria e porta-voz da pobre gente cedeu espaço ao cronista mundano, colunista social dessa nova gente elegante, requintada e *raffinée,* frequentadora dos salões dourados e do Jockey Club.

O próprio Paulo Barreto refletiu essa transição. O notívago frequentador dos *bas-fonds* cariocas assumia cada vez mais seu lado mundano, *habitué* das altas rodas.

Contemporâneos descreveram sua presença no *trottoir-roulant* da Avenida — expressão cunhada por ele —, desfilando seu figurino peculiar: cartola, fraque verde (combinando com a

---

2 Sobre sua produção teatral e folhetins, ver João do Rio, *Crônica, Folhetim, Teatro.* Coleção Acervo, Carambaia, 2019.

bengala), monóculo e charuto. Ele encarnava perfeitamente o modelo do dândi tropical. Esteta, excêntrico, intelectual. E cada vez mais *snob*.

Entretanto, embora circulasse à vontade pela "frívola city" que, segundo ele, se tornara o Rio de Janeiro, isso não significa que ele fosse totalmente aceito pelas madames e *demoiselles*, políticos ou ricos industriais e empresários com quem convivia. Se, por um lado, ele era recebido e até adulado por essas damas e cavalheiros elegantes — era de bom tom estar a par de assuntos ligados a artes e literatura —, por outro, todos sabiam que sua figura era estranha àquele mundo. Mestiço, obeso e homossexual, ele era alvo de constantes ataques, nas colunas de jornais concorrentes ou até em confrontos físicos — inúmeras vezes foi agredido por desafetos. Entre os inimigos estavam todos aqueles que não gostavam de ver o próprio nome ou a insinuação de sua identidade em um personagem das crônicas de João do Rio. Ou políticos, artistas e escritores atacados sem meias palavras em suas críticas.

Paulo Barreto morreu subitamente em junho de 1921, poucos meses antes de completar 40 anos, de um ataque do coração, dentro de um táxi, saindo do jornal. O velório, aberto ao público, durou quatro dias. O corpo do escritor estava vestido com o fardão da Academia Brasileira de Letras. Passaram por lá ex-presidentes, ministros, senadores, deputados. Mas também damas da sociedade, estivadores, pescadores, atores, vendedores, *cocottes* das pensões, literatos, vagabundos, miseráveis, garçons de cafés.

Quando finalmente o caixão saiu rumo ao cemitério, um cortejo espontâneo começou a se formar. Dezenas, centenas, milhares de pessoas se uniram à coluna fúnebre. Uma fila de carros seguia, com táxis levando as pessoas gratuitamente. Parte do comércio fechou suas portas, decretando feriado. No dia seguinte, os jornais estampavam a foto impressionante, em que se calculava a presença de 100 mil pessoas. Na época, o Rio de Janeiro contava com 900 mil habitantes.

"EXPLICAÇÃO FINAL E DESNECESSÁRIA, COMO TODAS AS EXPLICAÇÕES"

Aproveitando a expressão usada por João do Rio no epílogo de um de seus livros, seguem informações sobre a organização deste volume.

Mais da metade das crônicas reunidas nesta edição é inédita em livro. São textos que saíram apenas nos jornais e revistas na época de João do Rio e permaneceram os últimos cem anos esquecidos nos acervos de diversas bibliotecas. Mas o volume não se limitou apenas a esse material, para que fossem incluídos também textos que o próprio autor considerou importante editar nos 25 livros que publicou em vida.

A ortografia e a pontuação foram atualizadas, e evidentes erros tipográficos, corrigidos. Buscou-se manter, em itálico, os estrangeirismos adotados pelo autor, mesmo nas palavras que foram mais tarde absorvidas pelo português.

As crônicas estão divididas em blocos temáticos, que levam, como título, expressões usadas pelo próprio cronista. Dentro de cada bloco, a ordem dos textos é cronológica.

Graziella Beting é editora, graduada em jornalismo (PUC-SP). Tem mestrado e doutorado (Universidade Paris 2) sobre o surgimento da crônica e a obra de João do Rio.

"O literato do futuro é o homem que aprendeu a ver, que sente, que aprendeu a sentir, que sabe porque aprendeu a saber, cuja fantasia é um desdobramento moral da verdade, misto de impossibilidade e sensibilidade, eco da alegria, da ironia, da curiosidade, da dor do público — o repórter."
[João do Rio, 1908]

O cronista, em desenho
de Tarsila do Amaral, 1940

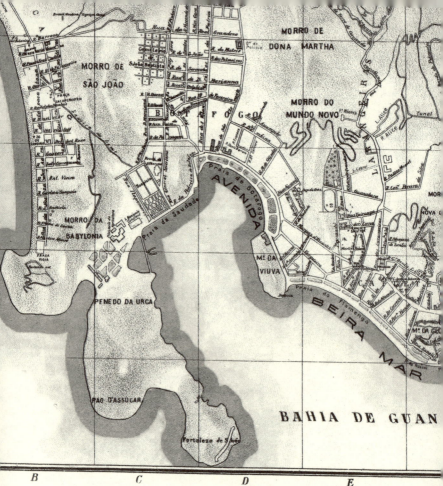

"O Rio pode conhecer muito bem a vida do burguês de Londres, as peças de teatro de Paris, a geografia da Manchúria, o patriotismo japonês. Aposto, no entanto, que a cidade não conhece nem seu próprio mapa, nem a vida dessa sociedade, de todos esses meios estranhos e exóticos, de todas as profissões que constituem o progresso, a dor, a miséria dessa vasta Babel que se transforma."
[João do Rio, 1904]

Mapa do centro do
Rio de Janeiro, 1907

KODAKS DA VIDA

GENTE ÀS JANELAS _____ 22
TABULETAS _____ 30
O ÚLTIMO BURRO _____ 38
INQUÉRITO PRECIOSO _____ 44

GENTE ÀS JANELAS

No carro que lentamente nos levava pelas ruas da cidade, o estrangeiro, verdadeiramente espantado e admirado com a maravilha urbana, a Beira-Mar, a Central, as grandes construções, a atividade febril das ruas comerciais, o porto, o cais, e mesmo o Pão de Açúcar, voltou-se e disse-me de repente:

— Depois, vê-se bem que é uma cidade como nenhuma outra.

— Ah! sim, tem a característica pessoal.

— É, espera sempre a passagem do préstito.

— Que préstito?

— Não sei; mas deve ser um préstito ou uma procissão.

— Ora esta! por quê?

— Porque está toda a gente sempre à janela e às portas, dando conta do que se passa na rua...

Olhei o estrangeiro desconfiado da sua ironia. Se eu fosse inglês, não compreenderia que se falasse com ironia da minha terra. Se fosse japonês, também não. Mas sou latino-americano, descendente de portugueses e brasileiros, o que quer dizer que tenho quatro motivos para pensar sempre que fazem troça de uma suposta inferioridade do meu país, porque reúno a sensibilidade americana e latina, a maior portuguesa e ainda a maior brasileira...

Mas o estrangeiro era, como se diz na nossa língua, um *gentleman*, ou um perfeito homem, e eu vi apenas que, tendo visto muito bem, ele desejava explicações.

— Ah! sim, notou este nosso defeito?

— Defeito! — fez ele. Mas então não esperam nada?

— Meu caro, não esperam, isto é, esperam e não esperam. É uma história comprida. Quer que lha conte?

— Ia pedir-lhe...

Acendi o charuto, recalquei o patriotismo, e como certos santos que, com a confissão de males graves, pensam ganhar o parceiro, falei:

— Realmente, V. observou muito bem. Temos vários costumes originais. Esse é um. Estamos sempre à janela, apesar de não esperarmos o préstito.

— Não esperam?

— Não, nem mesmo quando ele vem. Somos bastante despreocupados para tal. E a janela é talvez um símbolo dessa despreocupação, dessa *rêverie*, e desse mau costume.

O estrangeiro olhou-me com cara de quem não compreendia. Nem eu, quanto mais ele! Apenas eu era orador e diplomata, demonstrando que, tal o Dr. Campista, tanto poderia fazer folhetins na Câmara como salvar a pátria na Suécia. Quando não se sabe o que dizer, amontoam-se substantivos, alguns em línguas estrangeiras. Faz sempre efeito...

— *Rêverie*? Mau costume? — repetiu o homem sucumbido.

— Sim. O carioca vive à janela. Você tem razão. Não é uma

certa classe; são todas as classes. Já em tempos tive vontade de escrever um livro notável sobre o "lugar da janela na civilização carioca", e então passeei a cidade com a preocupação da janela. É de assustar. Há um bairro elegante, o único em que há menos gente às janelas. Mesmo assim, em trinta por cento das casas nas ruas mais caras, mais cheias de *villas* em amplos parques, haverá desde manhã cedo gente às janelas. Na mediania burguesa desse mesmo bairro: casas de comerciantes, de empregados públicos, de militares, vive-se à janela. Nos outros bairros, em qualquer, é o mesmo, ou antes, é pior. Pela manhã, ao acordar, o dono da casa, a senhora, os filhos, os criados, os agregados só têm uma vontade: a janela. Para quê? Nem eles mesmo sabem. Passar de *bond* pelas ruas da Cidade Nova desde as sete horas da manhã é ter a certeza de ver uma dupla galeria de caras estremunhadas, homens em mangas de camisa ou pijama, crianças, senhoras. Os homens leem o jornal. As mulheres olham a rua; os meninos espiam, cospem para baixo, soltam papagaios. Passe você às nove horas. A animação é maior. Passe ao meio-dia. Parece que vem vindo não um simples batalhão, mas logo a primeira brigada do nosso ardente Adolpho. Passe às três da tarde, às sete da noite, às nove, às dez, está tudo sempre cheio. Durante muito tempo preocupei-me. Qual o motivo dessa doença tão mal vista no e pelo estrangeiro? Que faz tanta gente debruçada na Rua Bonjardim, como na Rua General Polydoro ou no Canal do Mangue? Até hoje ignoro a causa secreta. Mas vi ser à janela que o Rio vive.

À janela brincam as crianças, à janela compram-se coisas, à janela espera-se o namorado, à janela namora-se, salta-se, ama-se, come-se, veste-se, e dá-se conta da vida alheia, e não se faz nada. Catão vivia para dar na vista dentro de uma casa de vidro.

A influência positivista foi tão grande entre nós que muito antes de Raymundo Mendes e Miguel Lemos, já a cidade vivia às claras e para outrem à janela. Daí a razão por que sabem uns das vidas dos outros. Os que saem são vistos. Os que estão em casa também. Bem oitenta por cento feminino passam a maior parte do seu tempo olhando a rua, da janela. E os homens, logo que estão em casa, atiram-se à janela. Olhe V., sempre pensei que cocheiros e carroceiros gostassem pouco de estar de janela. É um engano. Passe V. à noite pelas proximidades de companhias de carroças e veja nas casas assobradadas de alugar cômodos quanta gente espera o préstito...

— Curioso, fez o estrangeiro. Sabe que a princípio fiquei um pouco atrapalhado?

— Pensou que estava em Marselha...

— É...

— Ah! essas também. Mas agora, para não confundir, quase sempre vem para a rua.

— Teria vontade de perguntar a uma dessas pessoas o que a interessa tanto.

— Nada. Não saberia dizer. Tenho uma vizinha, que positivamente acabou irritando-me.

A mulher estava sempre à janela. Ia eu tomar a barca de Petrópolis pela manhã, e a mulherzinha à janela. Vinha pela madrugada de um desses *clubs* de jogo onde a gente se aborrece, e a mulherzinha à janela. Voltava à casa, em horas de atividade, e ela, fatal, parada à janela. Um dia não me contive: indaguei a razão desse gosto excessivo. E ela, aflita: "Então eu sou janeleira? Verdade! Não reparei. Mas também que se há de fazer?".

— Janeleira?

— É um termo essencialmente nosso, que significa, adulterando a antiga e insolente significação, uma pessoa que gosta de estar à janela.

— Afinal, como tudo na vida é convenção...

— Não há dúvida, para uma pessoa de fora esse nosso hábito presta-se a subentendidos mais ou menos fortes.

— Pois não é?

— É. Pode-se glosar de várias maneiras. V. ainda há bem pouco achou que era um povo que esperava um préstito ou a procissão.

— Oh! sem querer, sem intenção.

— Outros perversos podem dizer que espera outra coisa. Entretanto, caro observador, é apenas uma gente que espera sem maldade a vida dos outros. Quer exemplos?

— Com prazer.

— Olhe aquela casa assobradada. Três jovens à janela, um gato, um petiz, o cachorro. Passa um *bond*. Elas cumprimentam. O petiz salta a correr. Aposto que o pequeno diz: "Mamãe, passou aí o namorada de Cota".

"É mentira", diz Cota, "quem passou foi D. Mariquinhas".

"Por sinal, que ia com o Dr. Alipio", acrescenta a mais velha.

"Menina, falando assim de uma senhora casada..." Não acabará a censora porque a que ficou à janela fez um gesto nervoso para dentro: "Venham ver, depressa, depressa... Quem passa?...".

— Sei lá, fez o estrangeiro.

— Você diria: é o rei que vai à caça. Pois não, senhor. É uma senhora que elas nunca viram, de quem ignoram o nome, mas que examinam com o ar do Augusto Rosa na *Santa Inquisição*.

— Francamente...

— Conheço o meu povo. Está vendo aquela moça paramentada, numa janela, enquanto a velha em outra parece à espera de alguém para mandar ao armazém? É a que se mostra, a que vem à janela para ser vista, a romântica. Há grande variedade no gênero, até a da literata: menina que abre o volume quando passa o *bond*.

— Com efeito.

— Espere, um par na casa pegado. Estão sós à janela. Aqueles, tendo que optar entre serem vistos pela gente de casa e vistos pelos transeuntes, escolheram os últimos. Beijam-se, apertam-se. Olhe que as janelas poderiam contar coisas.

— Como se perde tempo.

— Só? Nesse caso, por exemplo, perde-se talvez mais...

— Mas ali tem uma senhora idosa, atentamente olhando. Já não vê; já nada no mundo a pode interessar. Está ali por estar, porque vendo muita gente é que melhor se isola uma pessoa. Olha, não vê, e está à janela, sempre à janela, porque a janela é a escápula do lar sem dele sair, é o conduto da rua sem os seus perigos, é o óculo de alcance para a vida alheia, é a facilidade, a economia, o namoro, o amor, o relaxamento, o fundamental relaxamento... Afinal também um pouco de sonho, de ideal latente. Somos engraçados. A janela é a abertura para o imprevisto. Vivemos na abertura. E, no fundo, quer saber?

— Claro.

— No fundo é mesmo o que pensava você.

— Como?

— Há tanta gente à janela, porque, realmente, sem o saber, um instinto vago lhes diz que vem aí o préstito ou a procissão. Apenas não sabem qual é o préstito. Não saber, e ficar, e não ver, e continuar, é o que se chama esperança. Nós somos o povo mais cheio de esperança da terra — porque vivemos à janela.

E, depois de assim desculpar e filosofar, reclinei-me no carro, não sem uma certa raiva de uma janela em que dez pessoas olhavam para nós como para bichos ferozes...

Publicada originalmente no jornal *A Notícia*, em 18 de junho de 1910. Uma crônica com tema parecido tinha saído na coluna "Cinematographo", na *Gazeta de Notícias*, em 7 de novembro de 1909, e uma última versão foi incluída na coletânea *Os dias passam...* (Porto, Lello & Irmãos, 1912).

TABULETAS

Foi um poeta que considerou as tabuletas — os brasões da rua. As tabuletas não eram para a sua visão apurada um encanto, uma faceirice, que a necessidade e o reclamo incrustaram na via pública; eram os escudos de uma complicada heráldica urbana, do armorial da democracia e do agudo arrivismo dos séculos. Desde que um homem realiza a sua obra — a terminação de uma epopeia ou a abertura de uma casa comercial — imediatamente o homem batiza-a. No começo da vida, por instinto, guiado pelos deuses, a sua ideia foi logo a tabuleta. Quem inventou a tabuleta? Ninguém sabe.

É o mesmo que perguntar quem ensinou a criança a gritar quando tem fome. Já no Oriente elas existiam, já em Atenas, já em Roma, simples, modestas, mas sempre reclamistas. Depois, como era de prever, evoluíram: evoluíram de acordo com a evolução do homem, e hoje, que se fazem concursos de tabuletas e há tabuletas compostas por artistas célebres, hoje, na época em que o reclamo domina o asfalto, as tabuletas são como reflexos de almas, são todo um tratado de psicologia urbana. Que desejamos todos nós? Aparecer, vender, ganhar.

A doença tomou proporções tremendas, cresceu, alastrou-se, infeccionou todos os meios, como um poder corrosivo e fatal. Os próprios doentes também a exploram numa fúria convulsiva de contaminação. Reparai nos jornais e nas revistas. Andam repletos de fotogravuras e de nomes — nomes e caras, muitos nomes e muitas caras! A geração faz por conta própria a sua identificação antropométrica para o futuro. Mas o curioso é ver como a publicação desses nomes é pedida, é implorada nas salas das redações. Todos os pretextos são plausíveis, desde a festa a que se não foi até a moléstia inconveniente de que foi operada com feliz êxito a esposa. O interessante é observar como se almeja um retrato nas folhas, desde as escuras alamedas do jardim do crime até as *garden-parties* de caridade, desde os criminosos às almas angélicas que só pensam no bem. Aparecer! Aparecer!

E na rua, que se vê? O senhor do mundo, o reclamo. Em cada praça onde demoramos os nossos passos, nas janelas do alto dos telhados, em mudos jogos de luz, os cinematógrafos e as lanternas mágicas gritam através do *écran*[1] de um pano qualquer o reclamo de melhor alfaiate, do melhor livreiro, do melhor revólver. Basta levantar a cabeça. As tabuletas contam a nossa vida. E nessa babel de apelos à atenção, ressaltam, chocam, vivem estranhamente os reclamos, extravagantes, as tabuletas disparatadas. Quantas haverá no Rio? Mil, duas mil, que nos fazem rir. Vai um homem num *bond* e vê, de repente, encimando duas portas em grossas letras estas palavras: Armazém Teoria.

---

1 Tela. [TODAS AS NOTAS SÃO DESTA EDIÇÃO.]

Teoria de que, senhor Deus? Há um outro tão bizarro quanto este: Casa Tamoio, Grande Armazém de Líquidos Comestíveis e Miudezas. Como saber que líquidos serão esses comestíveis, de que a falta de uma vírgula fez um assombro? Faltou a esse pintor o esmero da padaria do mesmo nome que fez a sua tabuleta em letras de antigo missal para mostrar como se esmera, ou talvez o descaro deste outro: o maduro cura infalivelmente todas as moléstias nervosas...

Mas as tabuletas extravagantes são as do pequeno comércio, sem a influência de Paris, a importação direta e caixeiros elegantes de lenço no punho: as vendas, esta criação nacional, os botequins baratos, os açougues, os bazares, as hospedarias... Na Rua do Catete há uma venda que se intitula O Leão na Gruta. Por quê? Que tem a batata com o leão que nem ao menos é conhecido de Daniel? Defronte dessa venda há, entretanto, um café que é apenas Café de Ambos Mundos. E se não vos bastar um café tão completo, aí temos um mais modesto, na Rua da Saúde o Café B.T.Q. E sabem que vem a ser o B.T.Q., segundo o proprietário? Botequim pelas iniciais! Essa nevrose das abreviações não atacou felizmente o dono da casa de pasto da Rua de São Cristóvão, que encheu a parede com as seguintes palavras: Restaurante dos Dois lrmãos Unidos Por...

Unidos por... Pelo quê? Pelo amor, pelo ódio, pela vitória? Não! Unidos Portugueses. Apenas faltou a parede e ficou só o por — para atestar que havia boa vontade. A questão, às vezes, é de haver muita coisa na parede. Assim é que uma casa da Rua do Senhor dos Passos tem este anúncio: Depósito de aves de penas. É pouco? Um outro assegura: Depósito de galinhas, ovos e outras aves de penas — o que é, evidentemente, muito mais. Tal excesso chega a prejudicar, e andasse a higiene a olhar tabuletas, ofício de vadiagem incorrigível, mandaria fechar uma casa de frutas da Rua Sete, que pespegou esta inconveniência: Grande sortimento de frutas verdes e secas.

A origem desses títulos é sempre curiosa. Uma casa chama-se Príncipe da Beira porque o seu proprietário é da Beira, uma venda de Campo Grande tem o título feroz de Grande Cabaceiro porque perto há uma plantação de cabaças; há açougue Aliança e Fidelidade porque é um hábito pôr aliança como título com duas mãos apertadas e fidelidade com um cachorro de língua de fora, bem no meio da parede. Muitos tomam o título de peças de teatro: Colchoaria Rio Nu, Casa Guanabarina, venda Cabana do Pai Tomás. A coisa, porém, toma proporções assombrosas quando o proprietário é pernóstico. Assim, na Rua Visconde do Rio Branco há um armazém Planeta Provisório, e noutra rua, Planeta dos Dois Destinos, um título ocultista sibilino; no Catete, um Açougue Celestial. Essa dependência do firmamento na terra produz um péssimo efeito e os anjos têm cada braço de meter medo a uma legião da polícia. Outro, porém, é o Açougue Despique dos Invejosos, e há na Rua da Constituição uma casa de bilhetes intitulada Casa Idealista, naturalmente porque quem compra bilhetes vive no mundo da lua, e há uma casa de coroas, o Lírio Impermeável, e uma outra, Ao Vulcão das 49 Flores. Não é só. Uns madeireiros puseram no seu depósito este letreiro filosófico, que naturalmente incomodará o arcebispado: Madeireiros e Materialistas; e há uma taberna muito ordinária, centro de malandrões, em Sapopemba, que se apossou de um título exclusivamente nefelibata: A Tebaida...

E os afrancesados que denominam as casas de Au Bijou de la Mode; Au Dernier Chic, Queima Chefe, Maison Moderne da Cidade Nova? E os patrióticos que fazem questão da casa de pasto

ser 1º de Dezembro, do açougue ser 1º de Janeiro? do restaurante ser Luís de Camões ou Fagundes Varela? E os engrossadores
que intitulam as casas de Afonso Pena durante quatro anos? E
os engraçados, os da laracha boa, que fazem as tabuletas propo-
sitalmente erradas, como um negociante da Rua Chile: Colxoa-
ria de primera Colxães contra Purgas e Precevejos?

Mas as tabuletas têm uma estranha filosofia; as tabuletas
fazem pensar. Há, por exemplo, na Rua Senador Eusébio, perto
da ex-ponte dos Marinheiros, uma hospedaria com este título:
Hotel Livre Câmbio. Quanta coisa pensa a gente conhecendo o
negócio e olhando a tabuleta!

A série é nesse ramo curiosíssima. Há o Locomotora, que é
naturalmente rápido; há Os Dois Destinos, há a Lua de Prata,
há o irônico Fidelidade, tendo pintado uma senhora a pender
dos lábios de um senhor... Quantos!

Na Rua Dr. João Ricardo há um restaurante com este título:
Restauração da Vitória.

— Por que "restauração da vitória"? indagamos do proprietário, o Sr. Colaço.

— Eu explico, diz ele. Há cerca de trinta anos, os espanhóis
invadiram a ilha Terceira. Como eram poucos os soldados para
repelirem o castelhano, os lavradores soltaram todos os touros
bravos na praia da Vitória e dessa maneira os espanhóis fugiram.
Os paraguaios resistiram também tanto tempo por causa dos
touros importados da Argentina.

— Tudo tem uma explicação neste mundo!

— *All right!*

All right, sim! Os títulos das casas, por mais absurdos, como
Filhos do Céu, por exemplo, têm uma explicação que convence.
Há os nefelibatas, os patrióticos 19 de Janeiro, D. Carlos; o

diplomático União Ibérica, os que engrossam uma certa classe, e até um, na Rua Frei Caneca, pertencente ao riquíssimo Pinho, cujo título é uma profunda lição filosófica. O hotel intitula-se Comércio e Arte...

Os pintores desse gênero criaram uma especialidade: são os moralistas da decadência e usam também tabuletas. Um mesmo, talvez por ter sofrido muito de cara alegre, pôs na Rua de São Pedro este anúncio: Fulano de Tal, Pintor de Fingimentos. E realmente eles aturam tanto dos proprietários! Um deles, rapazito inteligente, era encarregado de fazer a fachada da Casa do Pinto. Fez as letras e pintou um pintinho. O proprietário enfureceu:

— Que tolice é esta?

— Um pinto.

— E que tenho eu com isso?

— O senhor não é Pinto?

— O meu nome é Pinto, mas eu sou galo, muito galo. Pinte-me aí um galo às direitas!

E outro, encarregado de fazer as letras de uma casa de móveis, "vendem-se móveis", quando o negociante veio a ele:

— Você está maluco ou a mangar comigo!

— Por quê?

— Que plural é esse? Vendem-se, vendem-se... Quem vende sou eu e sem sócios, ouviu? Corte o "m", ande!

As letras custam dinheiro, custam aos pobres pintores... O rapaz ficou sem o "m" que fizera com tanta perícia. Mas também, por que estragar? Em São Cristóvão havia uma Pharmacia S. Cristóvão. Desapareceu. Foi a primeira que fez isso na terra, desde que há farmácias. Foram para lá outros negociantes. Como aproveitar algumas letras? Lembraram foco, e, como a Academia não chega os seus cuidados ortográficos às tabuletas, arrumaram

Phoco de São Cristóvão. Estava uma tabuleta nova só com três letras novas.

Os pintores de tabuletas resignam-se. Eles, os escritores desse grande livro colorido da cidade, têm a paciência lendária dos iluministas medievos, eles fazem parte da grande massa para que o reclamo foi criado — são pobres. Talvez por isso, um mais ousado, de acordo com certo açougueiro antigo da Praça da Aclamação, pintando uma vez o letreiro Açougue Pai dos Pobres, pôs bem no meio uma cabeça de boi colossal, arregalando os olhos, que Homero achava belos, como o símbolo de todas as resignações...

E é decerto este o lado mais triste das tabuletas — brasões da democracia, escudos bizarros da cidade.

Publicada originalmente no jornal *Gazeta de Notícias,* em 27 de março de 1907, e inserida na coletânea *A alma encantadora das ruas* (Paris, Garnier, 1908).

O ÚLTIMO BURRO

Era o último bonde de burros, um bondinho subitamente envelhecido. O cocheiro lerdo descansava as rédeas, o recebedor tinha um ar de final de peça e o fiscal, com intimidade, conversava.

— Então paramos?

— É a última viagem.

Estávamos numa rua triste e deserta. Viéramos do movimento alucinante de centenas de trabalhadores que, em outra, à luz de grandes focos, plantavam as calhas da tração elétrica, e víamos com uma fúria satânica, ao cabo da rua silenciosa, outras centenas de trabalhadores batendo os trilhos.

Saltei, um pouco entristecido. Olhei o burro com evidente melancolia e pareceu-me a mim que esse burro, que finalizava o último ciclo da tração muar, estava também triste e melancólico.

O burro é de todos os animais domésticos o que mais ingratidões sofre do homem. Bem se pode dizer que nós o fizemos o pária dos bichos. Como ele tivesse a complacência de ser humilde e de servir, os poetas jamais o cantaram, os fabulistas referem-se a ele com desprezo transparente, e cada um resolveu nele encontrar a comparação de uma qualidade má.

— É teimoso como um burro! Dizem, e de um sujeito estúpido: — que burro! Cada bicho é um símbolo e o burro ficou sendo o símbolo da falta de inteligência. Mas ninguém quis ver que no burro o que parece insuficiência de pensar é candura d'alma, e ninguém tem a coragem de notar a inocência da sua dedicação.

Eu tenho uma certa simpatia por esse estranho sofredor. Há homens infinitamente mais estúpidos que o burro e que entretanto até chegam a ser ricos e a ter camarote no Lírico. Há bichos muito menos dotados de inteligência e que entretanto ganharam fama. A raposa é espertíssima, quando no fundo é uma fúria irrefletida, o boi é filosófico, o cavalo só falta falar, quando de fato regulam com o burro, e a infinita série de inutilidades do lar desde os gatos e fraldiqueiros aos pássaros de gaiola tem a admiração pateta dos homens, quando essa admiração devia pender para o caso simples e doloroso do burro.

O burro é bom, é tão bom que a lenda o pôs no estábulo onde se pretende tenha nascido um grande sonhador a que chamam Jesus. O burro é resignado. Ele vem através da história prestando serviços sem descansar e apanhando relhadas como se fosse obrigação. Não é um, são todos. Eu conheço os burros de carroça, com o couro em sangue, suando, a puxar pesos violentos, e conheço os burros de tropa na roça, e os burros de bondes, magros e esfomeados. São fatalmente fiéis e resignados. Não lhes perguntam se comeram, se dormiram, se estão bem. Eles trabalham até rebentar, e até a sua morte é motivo de pouco caso. Para demonstrar nos conflitos, que não houve nada, sujeitos em fúria dizem para os curiosos: — Que olham? Morreu um burro!

O burro é carinhoso e familiar. Ide vê-los nas limitadas horas de descanso. Deitam-se e rebolam na poeira como na grama, e beijam-se, beijam-se castamente, sem outro motivo, chegando até por vezes a brincar.

O burro é triste. O seu zurro é o mais confrangente grito de dor dos seres vivos; o ornejar de um gargolejar de soluços. O burro é inteligente. Examinai os burros das carroças de limpeza pública às horas mortas, nas ruas desertas. Vai o varredor com a pá e a vassoura. É burro de resignação. Vai o burro a puxar a carroça. É o varredor pela inteligência. São bem dois amigos, conhecem-se, conversam, e quando o primeiro diz ao segundo:

— Chó, para!

Logo o burro para, solidários na humilde obra, comem os dous coitados.

Esse exemplo é diário. A história cita o burro do sábio Ammonius em Alexandria, que, assistindo às aulas, preferia ouvir um poema a comer um molho de capim.

O burro é pacífico. Se só houvesse burros jamais teria havido guerras. E para mostrar o cúmulo da paciência desse doce animal, é preciso acentuar que quase todos gostam de ouvir música. Um abade anônimo do século VII, tratando do homem e dos animais num livro em que se provava terem os animais alma, diz que foram os animais a ensinar ao homem tudo quanto ele desenvolveu depois. O burro ensinou o labor contínuo e resignado, o labor dos pobres, dos desgraçados. Todos os bichos podem trabalhar, mas trabalham ufanos e fogosos como os cavalos ou com a glória abacial dos bois. O burro está na poeira, lá embaixo, penando e sofrendo. Por isso, quando se quer dar a medida imensa dos esforços de um coitado, diz-se:

— Trabalha como um burro!

Pobre quadrúpede doloroso! Não tem amores, não tem instintos revoltados, não tem ninguém que o ame! Quando cai exausto, para o levantar batem-lhe; quando não pode puxar é a murros no queixo que o convencem. De fato, o homem domesticou uma série de animais para ser deles servo. Esses animais são na sua maioria uns refinados parasitas, com a alma ambígua de todo parasita, tenha pelo ou tenha pele ou tenha penas. Os grandemente úteis dão muito trabalho. Só o burro não dá. E ninguém pensa nele!

Aqui, entre nós, desde o Brasil Colônia, foi ele o incomparável auxiliador da formação da cidade e depois o seu animador. O burro lembra o Rio de antes do Paraguai, o Rio do Segundo Império, o Rio do começo da República. Historicamente, aproximou os pontos urbanos, conduzindo as primeiras viaturas públicas. Atrelaram-no à gôndola, prenderam-no ao bonde. E ele foi a alma do bonde durante mais de cinquenta anos, multiplicando-se estranhamente em todas as linhas, formando famílias, porque eram conhecidos os burros da Jardim Botânico, os lerdos burros da São Cristóvão, os magros e esfomeados burros da Carris.

O progresso veio e tirou-os fora da primeira. Mas era um progresso prudente, no tempo em que nós éramos prudentes. Vieram os alemães, vieram os assaltantes americanos, e na nuvem de poeira de tantas ruas abertas e estirpadas, carros elétricos zuniram matando gente aos magotes, matando a influência fundamental do burro. Eu via o último burro que puxara o último *bond* na velha disposição da viação urbana. E era para mim muito mais cheia de ideias, de recordações, de imagens, do que estar na Câmara a ouvir a retórica balofa dos deputados.

Aproximei-me então do animal amigo.

Certo, o burro é desses destinados ao ouvido imediato. Entre a força elétrica e a força das quatro patas não há que escolher. Ninguém sentirá saudades das patas, com o desejo de chegar depressa. O burro do *bond* não terá nem missa de sétimo dia após uma longa vida exaustiva de sacrifícios incomparáveis. Que fará ele? Dava-me vontade de perguntar-lhe, no fim daquela viagem, que era a última:

— Que farás tu?

Resta-lhe o recurso dos varais das carroças. Burro de *bond*, além de especializado numa profissão, formava a casta superior dos burros. Sair do *bond* para o varal é decadência. Também as carroças são substituídas por automóveis rápidos que suportam muito mais peso. E ninguém fala dos monoplanos. Dentro de alguns anos monoplano e automóvel tornarão lendárias as tropas com a poesia das madrinhas... Como as espécies desaparecem quando lhes falha o meio e não as cuidam os homens, talvez o burro desapareça do mundo nas condições dos grandes sáurios. Em breve não haverá nas cidades um nem para amostra.

As crianças conhecê-lo-ão de estampas. Em três ou quatros séculos ver um burro vivo será mais difícil do que ir a Marte.

Oh! a tremenda, a colossal ingratidão do egoísmo humano! Nós outros só damos importância ao que alardeia o serviço que nos presta e aos parasitas. O burro na civilização é como um desses escravos velhos e roídos, que não cessou um segundo de trabalhar sem queixumes. Vem o aparelho novo. Empurram-no.

— Sai-te, toleirão!

E ninguém mais lembra os serviços passados.

Eu mesmo seria incapaz de pensar num burro tendo um elétrico, apesar de considerar o doce e resignado animal o maior símbolo de uma paciente aglomeração existente em toda parte e a que chamam povo — povo batido de cocheiros, explorado por moços de cavalariça, a conduzir malandros e idiotas, carregado de cargas e de impostos.

Naquele momento desejava saber o que pensava o burro. Mas decerto ele talvez não soubesse que era o último burro que pela última vez puxava o último bondinho do Rio, finalizando ali a ação geral do burro na viação e na civilização urbanas. Tudo quanto pensara era de fato literatura mórbida, porque nem os burros por ela se interessariam, nem os homens teriam a gratidão de pensar no animal amigo, mandando fazer-lhe um monumento ao menos. O homem nem sabia, pois o caso não fora anunciado. Aquele burro representativo talvez pensasse apenas na baia — que é o ideal na vida para os burros e para todas as outras espécies vivas.

Assim, sentindo por ele a angustiosa, a torturante, a despedaçante sensação da grande utilidade que se faz irrevogavelmente inútil, eu estava como a vê-lo boiar na maré cheia da velocidade, como os detritos que vão ter à praia, como os deputados que deixam de agradar às oligarquias, como os amigos dos governos que caem, como os sujeitos desempregados. Quanta coisa esse burro exprimia!

Então peguei-lhe a queixada, quis guardar-lhe a fisionomia, posto que ele teimasse em não ma deixar ver bem. Mas como, na outra rua, retinisse o anúncio de um elétrico, estuguei o passo, larguei o burro sem saudade — eu também! sem indagar ao menos para onde levariam esse animal encarregado de ato tão concludente das prerrogativas da sua espécie, sem mesmo lembrar que eu vira o último burro do último bondinho na sua última viagem urbana...

E assim é tudo na vida apressada.

Publicada originalmente em *A Notícia*, em 5 de setembro de 1909, e incluída na coletânea *Vida vertiginosa* (Paris, Garnier, 1911).

INQUÉRITO PRECIOSO

Instituto de beleza de Mme. Graça. Formosa senhora, falando várias línguas, plena de viva inteligência.

Os institutos de beleza são criação recente.

Eu admiro esses estabelecimentos, com os quais fez Capus uma peça deliciosa em que Brasseur era inigualável pedindo *cocktails*.[1] No Instituto de Beleza de Mme. Graça estou numa atmosfera de perfume, convencido de que todos aqueles cremes e pós podem fazer de uma *guenon* (em francês, macaca) a pequena Vênus Anadiômena, mesmo porque todas as senhoras que lá vão são apenas suaves encarnações da deusa miriônima.

A dona do instituto tem um certo espanto.

— Que deseja?

— Tratar de cabelos.

Mme. Graça olha para mim ainda com maior espanto. Eu explico.

---

1 Trata-se da peça *L'institut de beauté*, de Alfred Capus (1858-1922), com o ator Albert Brasseur (1862-1932), apresentada no Théâtre de Variétés de Paris em 1913.

— Os cabelos são uma das belezas da vida. Há homens que têm muito cabelo. Esses homens são criaturas felizes, possuidoras de um segredo: o de impedir que os cabelos caiam. Os cabelos dos homens fizeram-se para cair. Cada vez há mais homens calvos — o que é um consolo para os calvos, e uma prova de abundância da regra. Quando Ovídio dizia

Turpe pecus mutilum, turpis sine gramine campus
et sine fronde frutex et sine crine caput.[2]

era um poeta perfeitamente idiota. O verdadeiro homem civilizado não terá no futuro nem um fio de cabelo na cabeça. Será só testa dos olhos à nuca. Os romanos andavam muito errados com a troça à calvície. Aquela história de pintar a deusa Ocasião raspada por trás para dizer que, uma vez passada, nem pelos cabelos se a pode apanhar, é um contrassenso. A ocasião agarra-se pelas pernas. E nada mais triste do que pensar que César, o maior homem do mundo, tinha a vaidade de não aparecer em público, senão coroado de louro, para que não lhe reparassem na calva, e que o feroz Domiciano mandava punir a chicotadas quem falasse de calvas, porque ele, Domiciano, tinha essa qualidade...

O calvo deve mostrar a calva como o comendador Ataíde.

Com dignidade. O feio é usar o chinó, o capachinho, como se diz em Lisboa. Já Marcial escrevia:

— Nada mais horrível do que um calvo com cabelo...

A calva tornou-se uma elegância, mesmo para certas classes, como a dos poetas, que antigamente davam na vista pela cabe-

---

2 "Feio é o boi sem cornos, o campo sem verde, a árvore sem folhas e a cabeça sem cabelo." Ovídio, *A arte de amar.*

leira. Há hoje uma porção de poetas carecas. Os chefes da poesia contemporânea: Verlaine era calvo; Baudelaire tinha tanto cabelo como o poeta Maul, que não chega a ter cabelo propriamente.

Agora só uma classe mantém a cabeleira como distintivo: a dos músicos. Sujeito que toca instrumento, compositor, tem logo uma tremenda cabelama — o que faz pensar ou que o cabelo influi na vocação musical, ou que a música é um pilogênio genial.

Não quero, pois, tratar de cabelos masculinos perfeitamente ridículos. Quero sim ouvir de cabelos femininos.

— Ah! — faz Mme. Graça.

Eu continuo. Os homens, quase todos calvos, têm muito mais razão de admirar e mostrar interesse pelos cabelos das mulheres. Desde que vejo cabelos femininos fico lírico e cheio de recordações eruditas. Retomo a alma antiga e compreendo que a cabeleira é, como pensavam Eurípides e Virgílio, a trama que liga a alma à matéria. E, mesmo contemporâneo, diante de uma trança — lembro os muçulmanos, que juram ser pelos cabelos que os anjos agarram os mortais para levá-los ao paraíso.

— Daí o cuidado, Mme. Graça, com que observo os cabelos das cariocas no ano de 1916. A moda modificou imenso o gosto pelos cabelos e a extensão das cabeleiras. Houve um momento em que as meninas tiveram o mau gosto de cortar o cabelo à moda *gigolette*. Houve outro em que elas entraram na pintura. Hoje, que já não se corta mais o cabelo, é verdadeiramente difícil encontrar as enormes cabeleiras, gênero Mãe d'Água, de que a atriz Brazilia Lázaro é talvez um exemplo único. Os cabelos são pequenos, ralos. Será também efeito da pintura?

As mulheres sempre tiveram a mania de pintar os cabelos. A moda das cabeleiras de cor data do Oriente remoto, data de Roma. Em Roma, as tinturas estragaram as cabeleiras. Propércio, grande poeta e, por consequência, tomando muito a sério as questões femininas, exclamava:

— Que mil mortes tenha a rapariga estúpida que primeiro lembrou fazer mentir assim à própria cabeleira!

E como era *chic* a cabeleira azul, perguntava:

— Porque essa senhora tinge de azul a própria cabeleira tem de ser o azul uma cor honesta?

Roma, porém, teve duas grandes modas: depois da conquista dos bretões, as cabeleiras pretas; depois da conquista dos germanos, as cabeleiras louras.

Aqui acabamos de atravessar a doença da cabeleira loura mesmo para as morenas.

Ora, o Rio é como Roma, e eu menos que Juvenal, o poeta inventor da rede dourada para os cabelos. Vejo que as cabeleiras tornam a crescer e o louro vai desaparecendo, quando não é o próprio sol coroador da formosura.

Desejava, pois, saber qual a cor dos cabelos em moda em 1916 na cidade de São Sebastião.

— Para quê?

— Para uma obra histórica.

A cor é natural, com um pouco de *henna*, que dá um tom surdo de rubi ao castanho-claro, e aviva o negro. Como é simples e como têm juízo as senhoras. Ergo as mãos e agradeço, resumindo:

— No ano de 1916 caiu de moda o louro, caiu de moda o cabelo cortado. Já podemos admirar as cabeleiras com a cor e a extensão que lhes deu o céu!

Publicada originalmente na coluna "Pall-Mall-Rio", no jornal *O Paiz*, de 15 de junho de 1916, sob o pseudônimo José Antônio José.

O RIO CIVILIZA-SE

A VIDA DO RIO – O PREFEITO _____ 50
A CIDADE [ESTREIA] _____ 56
A CIDADE [ILUMINAÇÃO NO PASSEIO PÚBLICO] _____ 58
A CIDADE [IGREJA E ESTADO] _____ 62
A CIDADE [MATERNIDADE] _____ 64
A DECADÊNCIA DOS CHOPPS _____ 66
A PRAIA MARAVILHOSA _____ 74

A VIDA DO RIO – O PREFEITO

A obra do Dr. Passos, as condições excepcionais de que o revestiram, o boato que por aí propala a justa ideia do prolongamento da sua ditadura, fizeram-nos ir ontem visitar um dos seus mais íntimos amigos e interrogá-lo sobre a vida, o caráter, os planos futuros da proeminente individualidade. Ninguém como esse amigo tão fartamente viveria, num simples *interview*, a figura do Dr. Passos.

Logo que sabe a nossa ideia, o íntimo define o prefeito:

— Um professor de energia! — diz-nos. Conheço o Passos há vinte anos. Sempre o mesmo! Admira-se? O mesmo! Há vinte anos já tinha a mania britânica, já considerava a higiene elemento inerente à beleza, já amava os jardins e já discutia, gritando, gritando a ponto de se ultrapassar...

— Mas um professor de energia?

O íntimo refestelou-se na sua *rocking-chair*, trincando o charuto.

— Pois não acha que o seja? Francamente, meu caro, o Passos

tem dous empregos, o de prefeito e o de mostrar aos nossos homens o que é a energia. O Passos é um homem que naquela idade quase não senta.

Na Estrada, quando diretor, escrevia com o joelho na cadeira, de pé, modificava plantas aos gritos e a lápis, e conseguia ser amado, ter no pessoal o empenho da sua obra. Os funcionários que trabalhavam com tal homem acabam julgando-se cada um uma utilidade imprescindível à pátria, sob a direção fatal de uma grande força.

— De modo que na Prefeitura...?

— É o mesmo que na Estrada. Há regime de sobra, e toda a gente trabalha contente.

Falo a um jornalista, naturalmente conhecedor dos princípios anglo-saxônios, e o tipo moderno da *Merry-England*?

Curvei-me. Em geral essas curvaturas dispensam respostas.

— Pois bem, para mim, sem blague, o Passos é entre nós um anglicismo político.

— Por quê?

— Porque é muito pouco político, em primeiro lugar; porque é administrador intelectual, em segundo — cousas raras aqui. O Passos acorda às seis horas.

— Para quê?

— Ora essa! Para trabalhar. Mete-se no carro, e às sete já está longe das Laranjeiras, vistoriando os jardins, os mercados, os trabalhos de demolição. Às nove e pouco entra na Prefeitura e trabalha até o meio-dia sem parar. Sai a essa hora, aparece de improviso em todos os lugares, dando ordens diretas, e sessenta minutos depois ei-lo de novo no palácio da Prefeitura, onde só ao escurecer descansa.

— É muito brusco, pois não?

— É diretor, caso muito diverso. Recebe todos os que lhe vão fazer pedidos. Quando a cousa é justa, diz: — Parece justa, venha amanhã. Quando é má, diz: não! e às vezes tem um: ora não seja criança! e frases tais.

— E com os funcionários?

— Secura e honra ao mérito.

— Parece uma divisa.

— Às vezes estão todos trabalhando. O prefeito dirige uma frase solta, a qualquer. É o sinal de curto descanso, em que procura, com a curiosidade sempre ávida, saber as cousas mínimas de administração. De repente, porém, já alguns mais entusiasmados erguendo-se, o Passos diz: "Bom, trabalhemos. Faz-se o gelo. Recomeça o esforço total".

— É o modelo administrativo.

— Não há um papel em atraso na Prefeitura.

— As más línguas propalam-no o homem mais lacônico do mundo.

O amigo íntimo de São Exa. riu.

— É. Ainda outro dia assisti a um fato demonstrativo. O Passos mandara um funcionário a negócios de demolições. O funcionário chegou e, antes que falasse, o prefeito disse-lhe: — Procure o menor número de palavras para o que tem a dizer. Não há tempo a perder...

E com esse método fixa no cortical os menores fatos, sabe de tudo, dirige tudo, decide tudo.

— E na intimidade?

— É o mesmo homem. Faz-se no seu *at-home* música à noite, a sua linda neta recita versos dos poetas ingleses, Passos conversa. De repente grita, alteia a discussão com o amigo, o amigo grita também, porque é pior não gritar, e a discussão sempre acaba bem, com uma advertência de Mme. Passos, a figura tutelar daquele lar...

— Disse que S. Exa. tinha a mania inglesa?

— E uma biblioteca de primeira ordem, em que se recebem as novidades ultrabrilhantes da literatura da Inglaterra. De resto ele veste à inglesa, fala o inglês, educa a família à inglesa. Não vê o amigo os jardins? Ainda anglofilia. Se o Passos pudesse, faria canteiros nos *trottoirs*. Tem a encantadora paixão da jardinagem.

— E as reformas?

— O Rio transforma-se sob a sua mão. As casas velhas desaparecem. A avenida começa a demolir casas nas ruas Senhor dos Passos e Camerino.

— Luta com dificuldades, hein?

— Incríveis. A luta é com os proprietários, os locatários, os mandados de manutenção. O Passos é sutil, vence a tudo.

Sabe como conseguiu demolir aqueles tapumes velhos do cais Pharoux, que tanto o afetavam?

À meia hora depois da meia-noite do dia em que terminara o mandado de manutenção.

— E os seus planos?

— Dão para um artigo inteiro. Com ele depois dos melhoramentos do porto o Rio será ideal.

— E o Teatro Municipal?

— O decantado! Só espera a decisão do Ministério da Fazenda.

— Acha S. Exa. a felicidade com tanto trabalho?

— O Wells no único livro sério que até hoje publicou, nas *Antecipations*, diz: "*The world has a purpose greater than self happiness, the life of humanity*"[1].

---

1 "O mundo tem um propósito maior do que a felicidade própria, a vida da humanidade."

O Passos, saneando o embelezamento do Rio, achou esse fito.

— Mas com tantos inimigos, tantas peias, fará mesmo S. Exa. o Rio belo?

— Faz, por uma simples razão: quem não o ama tem-lhe medo.

— E o boato do prolongamento da ditadura?

O íntimo levantou-se:

— Isso são cousas que a política resolve. O *interview* pode ser a história contemporânea dialogada, não deve ser o indiscreto indagar de mistérios políticos. Entretanto, se assim for, não como amigo, mas como carioca, eu só lhes direi: — *all right*!

Publicada originalmente na *Gazeta de Notícias*, em 3 de maio de 1903. Nessa crônica encontramos pela primeira vez a assinatura João do Rio.

A CIDADE [ESTREIA]

A convalescença é um segundo nascimento. O doente reabre os olhos à luz, começa a interessar-se pela casa e pela rua, quer saber o que há de novo lá fora, ensaia os primeiros passos pelo quarto, chega à janela, sorri ao sol, faz projetos, alimenta sonhos, — renasce, enfim, para o mundo e para a alegria de viver. Mas, enquanto o convalescente sacode jubilosamente corpo e alma, nesse alvorecer de novas esperanças — o médico e a família, num susto contínuo, vão multiplicando em torno dele os cuidados e aumentando a solicitude, porque sabem quanto são frequentes e terríveis as "recaídas".

Esta boa cidade do Rio de Janeiro é uma convalescente... A moléstia foi grave e longa: moléstia perigosa, sem grandes crises de febre, e caracterizada por um marasmo podre, por um desses comas profundos que são o vestíbulo da morte. Nessa inconsciência, nesse torpor, nessa *cachexia* moral, andou a pobre arrastando a vida por um século triste. Em torno dela, as suas irmãs, as outras cidades brasileiras, cresciam, ganhavam forças, prosperavam: e o Brasil via, com mágoa, o desmoralizado entorpecimento da sua filha predileta... Mas apareceram, afinal, médicos, que compreenderam a moléstia e acharam um remédio.

A enferma está renascendo, numa convalescença franca: todo o seu organismo revive, luta, anima-se, trabalha. Obras do porto, medidas higiênicas, abertura de ruas — trabalho fácil e compensador distribuído aos homens de boa vontade — os sintomas da crise salutar acentuam-se de dia em dia. A boa cidade está salva. Está salva... se não tiver uma "recaída".

Evitemos a "recaída"! Cerquemos de cuidados solícitos a nossa amada convalescente, e procuremos perpetuar no seu organismo a saúde.

Esta seção da *Gazeta* vai acompanhar, de passo em passo, o trabalho do renascimento. Um aviso, um conselho, um reparo, uma censura, um elogio — tudo haverá, de quando em quando, nesta curta e sóbria coluna. Os médicos têm bastante competência: mas nunca é demais a solicitude de um filho carinhoso.

— X.

Publicado originalmente na *Gazeta de Notícias*, em 31 de maio de 1903. Esse texto marca a estreia da coluna "A Cidade", que será publicada na *Gazeta de Notícias* quase diariamente até março de 1904, sempre assinada por "X". A autoria de Paulo Barreto era entretanto conhecida por seus leitores, como atestam a correspondência endereçada ao jornal ou comentários publicados em outros periódicos da época.

A CIDADE [ILUMINAÇÃO NO PASSEIO PÚBLICO]

Os gansos e os marrecos do Passeio Público andam espantados... Há conciliábulos animados à beira d'água, expressivos arrepios de asas, significativas bicadas, confidenciais grasnidos... A tribo dos palmípedes vive assombrada, depois que há iluminação farta e música alegre no terraço, fonte luminosa no jardim, grande massa de povo pelas alamedas perfumadas.

Até agora, o povo não passava do botequim, onde ia ouvir alguns garganteios brejeiros e beber alguns *chopps*. O resto do jardim, à noite, ficava entregue ao sono dos desocupados, à meditação dos tristes, às confidências dos namorados — e à vida calma e regalada dos gansos e dos marrecos nos lagos tranquilos.

Antigamente, sim. Houve tempo em que as famílias cariocas prezavam aquele sereno refúgio, à sombra das grandes árvores folhudas. Eu ainda sou da época em que, nas longas mesas de pedra da rua que ladeia o terraço, se faziam convescotes alegres. O chefe da família ia à vontade, no seu rodaque branco; a mulher e as filhas trajavam cassas e chitas baratas; a pirralhada corria e gritava em liberdade; e as negrinhas e os molecotes, crias da casa, carregavam os samburás cheios de empadas e mães-bentas. Deus me livre de ali ver, outra vez, os convescotes de antanho! essa história de *pic-nics* em jardins públicos já não é compatível com a nossa civilização. Mas não findavam apenas as merendas, nas mesas de pedras: findou também a concorrência das famílias...

Agora, com os melhoramentos que lhe deu a Prefeitura, o Passeio Público torna a ser um ponto de reunião amável. Anteontem, enquanto a magnífica banda do Instituto Profissional executava o programa do seu 5º concerto, já o nosso mais antigo e lindo jardim tinha um aspecto de jardim europeu, frequentado por gente bem-educada.

O Parque da República também precisa de um pouco de carinho. O que lhe falta, principalmente, é luz. A luz é a grande inimiga, não só da tristeza, como dos vícios que só amam a escuridão e o silêncio. Naquelas escuríssimas alamedas do velho Campo de Sant'Anna, as árvores, as boas e castas árvores, já devem estar escandalizadas com o que distintamente ouvem e com o que vagamente avistam à noite. Elas, as castas árvores, e não as menos castas estrelas (foi Shakespeare quem criou a lenda da castidade das estrelas), devem assistir a cousas escabrosas naquela escuridão... Luz, muita luz! luz elétrica, ou de gás, ou de álcool, pouco importa. Se é verdade que Goethe ao morrer pedia luz, não é muito que a peça quem está vivo, e quem foi educado segundo o preceito positivista de viver às claras.

No Passeio Público, os palmípedes já se vão habituando ao movimento, à música e à luz. Mas, no Parque da República, as alamedas ainda são o paraíso dos marrecos... e de outros animais de mais tino e de menos inocência.

— X.

Publicada originalmente na *Gazeta de Notícias*, em 5 de junho
de 1903.

A CIDADE [IGREJA E ESTADO]

— Já viu o senhor maior desaforo?

— ?

— O Chefe de Estado, os ministros, o Senado, a Câmara, assistindo às exéquias do papa! a tropa em continência!!!

— Mas, não vejo nisso motivo para espanto...

— Como não vê? A Igreja está ou não separada do Estado?

— Não há dúvida, meu esquentado amigo! Mas o Vaticano tem uma legação aqui; o Brasil tem uma legação no Vaticano...

— Não tenho nada com isso! Não quero ver este país governado por padres! De tolerância em tolerância, chegaremos à escravidão! Daqui a pouco, obrigar-me-ão a ouvir missa, sob pena de cadeia e açoites — e elegerão para presidente da República... o padre Batalha!

— Vamos com calma... O padre Batalha não é homem que tenha ambições políticas, e ninguém exigirá nunca que o senhor vá à missa! O que há, em tudo isto, é o cumprimento de um simples dever de cortesia internacional.

— Internacional? O Vaticano é nação?

— Está claro que é! tem ministros, tem plenipotenciários, tem enviados extraordinários, tem secretários de legação... Além disso, meu caro senhor, que importa à sua crença, ou à sua falta de crenças, que os outros creiam?

— Não admito! Eu sou ateu! Eu não creio em Deus! E, portanto, não admito que o presidente da República vá às exéquias do papa! Fui batizado na igreja (e por sinal que minha madrinha foi Nossa Senhora da Conceição!), mas, nesse tempo, ninguém me perguntou se eu acreditava em Deus; casei na igreja, mas apenas para agradar a minha noiva; e, quando morrer, hei de ter provavelmente missas, por não poder protestar contra isso, do fundo da cova! Pouco importa tudo isso! não creio em Deus, e não admito que os outros creiam!

— Venha cá... Deve haver aí alguma exageração... Não é possível que o senhor não creia em Deus!

— Não creio!

— Não é possível!

— Dou-lhe a minha palavra de honra.

— Não é possível!

— Juro-lhe...

— Jura? por quem?

— Juro... por Nossa Senhora da Conceição, minha madrinha, que não creio em Deus!

— X.

Publicada originalmente na *Gazeta de Notícias*, em 10 de agosto de 1903.

A CIDADE [MATERNIDADE]

Isto foi nos remotos e ominosos tempos em que o famoso déspota D. Pedro II oprimia este país com a sua inominável tirania, comendo canja, estudando hebraico e observando a passagem de Vênus pelo disco solar. Um ministro desse déspota teve a ideia de mandar construir um belo, um esplêndido, um suntuoso edifício destinado à Maternidade. Escolheu-se o local, assentaram-se os alicerces, levantaram-se as lindas colunatas, o lindo pórtico, a linda base do suntuoso, esplêndido e belo edifício. Tudo isso foi feito no século passado, notem bem, e não nos últimos anos do século, mas alguns doze ou treze anos antes da sua agonia. E daí por diante não se fez mais nada; e naquela triste e deserta curva do cais da Lapa, ficou até hoje, enegrecido, coberto de ervagens, mas cercado de tapumes podres, o projeto do belo, esplêndido e suntuoso edifício.

Há cerca de quinze anos passava eu por ali, em companhia de um inglês, que me perguntou: — "Que é aquilo?" — E eu, inchando as bochechas, respondi: — "Ah! aquilo é um belo edifício que estamos construindo para a Maternidade!"

Cinco anos depois, um francês, que andava comigo admirando a cidade, indagou: — "Que é aquilo?" — E eu, impando de orgulho: — "Ah! aquilo é um esplêndido edifício que estamos fazendo para a Maternidade!"

Passaram-se mais cinco anos; e um chileno, meu amigo, vendo o projeto, inquiriu: — "Que é aquilo?" — E eu, todo babado de vaidade: "Pois não sabe? Aquilo é um suntuoso edifício em que vamos instalar a Maternidade!"

E eis senão quando, hoje, abrindo os jornais, acho esta notícia: "Foi contratada com o Sr. Fulano de Tal, por 200 contos de réis, a conclusão do edifício da praia da Lapa destinado à Maternidade!"

Quase caí fulminado! Ainda haverá por aí quem se atreva a dizer que nós costumamos fazer as cousas devagar?

O que eu peço ao Sr. Fulano de Tal, contratador das obras, é que não se apresse demais: ainda posso perfeitamente viver outros quinze anos, à espera da conclusão daquele belo, esplêndido e suntuoso edifício...

— X.

Publicada originalmente na *Gazeta de Notícias*, em 12 de setembro de 1903.

A DECADÊNCIA DOS CHOPPS

Outro dia, ao passar pela Rua do Lavradio, observei com pesar que em toda a sua extensão havia apenas três casas de *chopp*. A observação fez-me lembrar a rancorosa antipatia do malogrado Artur Azevedo pelo *chopp*, agente destruidor do teatro, e dessa lembrança, que evocava tempos passados, resultou a certeza profunda da decadência do *chopp*.

Os *chopps* morrem. É comovedor para quantos recordam a breve refulgência desses estabelecimentos. Há uns sete anos, a invenção partira da Rua da Assembleia. Alguns estetas, imitando Montmartre, tinham inaugurado o prazer de discutir literatura e falar mal do próximo nas mesas de mármore do Jacob. Chegavam, trocavam frases de profunda estima com os caixeiros, faziam enigmas com fósforos, enchiam o ventre de cerveja e estavam suficientemente originais. Depois apareceram os amigos dos estetas, que em geral desconhecem a estética, mas são bons rapazes. Por esse tempo a Iwonne, mulher barítono, montou o seu cabaré satânico à Rua do Lavradio, um cabaré com todo o sabor do vício parisiense, tudo quanto há de mais *rive-gauche*, mais *butte-sacrée*. Ia-se à Iwonne como a um supremo prazer de arte, e a voz da pítia daquela Delfos do gozo extravagante recitava sonoramente as *Nevroses* de Rollinat e os trechos mais profundos de Baudelaire e de Bruant.

O Chat-Noir morreu por falta de dinheiro, mas a tradição ficou. Iwonne e Jacob foram as duas correntes criadoras do *chopp* nacional. As primeiras casas apareceram na Rua da Assembleia e na Rua da Carioca. Na primeira, sempre extremamente concorrida, predominava a nota popular e pândega. Houve logo a rivalidade entre os proprietários. No desespero da concorrência os estabelecimentos inventaram chamarizes inéditos. A princípio apareceram num pequeno estrado ao fundo, acompanhados ao piano, os imitadores da Pepa cantando em falsete a "estação das flores", e alguns tenores gringos, de colarinho sujo e luva na mão. Depois surgiu o *chopp* enorme, em forma de *hall* com grande orquestra, tocando trechos de óperas e valsas perturbadoras, depois o *chopp* sugestivo, com sanduíches de caviar, acompanhados de árias italianas. Certa vez uma das casas apresentou uma harpista capenga, mas formosa como as fidalgas florentinas das oleografias. No dia seguinte um empresário genial fez estrear um cantador de modinhas. Foi uma coisa louca. A modinha absorveu o público. Antes para ouvir uma modinha tinha a gente de arriscar a pele em baiucas equívocas e acompanhar serestas ainda mais equívocas. No *chopp* tomava logo um fartão sem se comprometer. E era de ver os mulatos de beiço grosso, berrando tristemente:

Eu canto em minha viola
Ternuras de amor,
Mas de muito amor...

E os pretos barítonos, os Bruants de nanquim, maxixando cateretês apopléticos.

O *chopp* tornou-se um concurso permanente. Os modinheiros célebres iam ouvir os outros contratados, e nas velhas casas da Rua da Assembleia, à hora da meia-noite, muita vez o príncipe da nênia chorosa, o Catulo da Paixão Cearense, erguendo um triste copo de cerveja, soluçava o

Dorme que eu velo, sedutora imagem,

com umas largas atitudes de Manfredo fatal.

E enquanto o burguês engolia o prazer popular que lhe falava à alma, na Rua da Carioca vicejavam as pocilgas literárias, com uma porção de cidadãos, de grande cabeleira e fato no fio, que iam ouvir as musas decadentes, pequenas morfinômanas a recitar a infalível *Charogne*, de Baudelaire, de olhos estáticos e queixos a bater de frio...

Depois os dois regatos se fundiram num rio caudaloso. A força assimiladora da raça transformou a importação francesa numa coisa sua, especial, única: no *chopp*. Desapareceram as cançonetas de Paris e triunfaram os nossos prazeres.

Onde não havia um *chopp*? Na Rua da Carioca contei uma vez dez. Na Rua do Lavradio era de um lado e de outro, às vezes a seguir um estabelecimento atrás do outro, e a praga invadira pela Rua do Riachuelo a Cidade Nova, Catumbi, o Estácio, a Praça Onze de Julho... Os empresários mais ricos fundavam casas com ideias de cassinos, como a Maison Moderne, o High-Life, o Colyseu-Boliche, mas os outros, os pequenos, viviam perfeitamente.

Não havia malandro desempregado. Durante o dia, em grandes pedras negras, os transeuntes liam às portas dos botequins uma lista de estrelas maior que a conhecida no Observatório, e era raro que uma dessas raparigas, cuja fatalidade é ser alegre toda a vida, não perguntasse aos cavalheiros:

— Não me conhece, não? eu sou do *chopp*, do 37.

Oh! o *chopp*! Quanta observação da alma sempre cambiante desta estranha cidade! Eram espanholas arrepanhando os farrapos da beleza em *olés* roufenhos, eram cantores em decadência, agarrados ao velho repertório, ganindo a celeste *Aida*, e principalmente os modinheiros nacionais, cantando maxixes e a poesia dos trovadores cariocas — essa poesia feita de rebolados excitantes e de imensas tristezas, enquanto nas plateias aplaudiam rufiões valentes, biraias medrosas de pancada, trabalhadores maravilhados, e soldados, marinheiros a gastar em bebida todo o cobre, fascinados por esse vestígio de bambolina grátis.

Tudo isso acabara. O High-Life ardeu, a Maison Moderne cresceu de pretensão, criando uma espécie de cassino popular com aspectos de feira, os outros desapareciam, e eu estava exatamente na rua onde mais impetuosamente vivera o *chopp*...

Entrei no que me ficava mais próximo, defronte do Apolo. À porta, uma das *chanteuses*, embrulhada num velho *fichu*,[1] conversava com um cidadão de calças abombachadas. A conversa devia ser triste. Mergulhei na sala lúgubre, onde o gás arfava numa ânsia, preso às túnicas Auer já estragadas. Algumas meninas com o ar murcho fariscavam de mesa em mesa consumações. Uma delas dizia sempre:

— Posso tomar groselha?

E corria a buscar um copo grosso com água envermelhecida, sentava-se ao lado dos fregueses, sem graça, sem atenção. Do

---

1 Xale.

teto desse espaço de prazer pendiam umas bandeirolas sujas, em torno das mesas havia muitos claros. Só, perto do tablado, chamava a atenção um grupo de sujeitos que, mal acabava de cantar uma senhora magra, rebentavam em aplausos dilacerantes. A senhora voltava nesse momento. Trazia um resto de vestido de cançonetista com algumas lantejoulas, as meias grossas, os sapatos cambados. Como se não visse os marmanjos do aplauso, estendia para a sala as duas mãos cheias de beijos gratos. E, de repente, pôs-se a cantar. Era horrível. Cada vez que, esticando as goelas, a pobre soltava um *mai più!*[2] da sua desesperada *romanza*[3], esse *mai più!* parecia um silvo de lancha, à noite, pedindo socorro.

A menina desenxabida já trouxera para a minha mesa um copo de groselha acompanhado de um canudinho, e aí estava quieta, muito direita, olhando a porta a ver se entrava outra vítima.

— Então esta cantora agrada muito? — perguntei-lhe.

— Qual o quê! Até queremos ver se vai embora. O diabo é que tem três filhos.

— Ah! muito bem. Mas os aplausos?

— O sr. não repare. Aquilo é a claque, sim senhor. Ela paga as bebidas.

— E quanto ganha a cantora?

— Dez mil réis.

Saí convencido de que assistira a um drama muito mais cruel que o *Mestre de forjas*, mas já agora era preciso ver o fim e como me tinham denunciado uma roleta da Rua de Sant'Anna, onde vegeta o último vestígio do *chopp*, fui até lá.

---

2 Nunca mais!

3 *Romanza* é um fragmento musical escrito para uma voz e um instrumento, que se distingue por um estilo melódico e expressivo.

Chama-se o antro Colyseu-Boliche. A impressão de sordidez é inacreditável. De velho, de sujo tudo aquilo parece rebentar, sob a luz pálida de algumas lâmpadas de acetileno. A cada passo encontra-se um brinquedo de apanhar dinheiro ao próximo e sente-se em lugares ocultos as rodas dos jaburus explorando a humanidade. No teatrinho, separado do resto da feira por um simples corrimão, havia no máximo umas vinte pessoas. Eram onze horas da noite e um vento frio de temporal soprava. Junto ao estrado, um pianista deu o sinal e um mocinho lesto, de sapatos brancos, calça preta e dólmã alvinitente, trepou os três degraus da escada, fez três ou quatro rapapés como se adejasse, e começou com caretas e piruetas a dizer uma cançoneta aérea:

Sabes que dos dois balões
O do Costa é maior
A minha afeição está posta
Cada um come do que gosta!...

Deus do céu! Era nevralgicamente estúpido, mas a vozinha metálica do macaco cantador fazia rir dois ou três portugueses cavouqueiros com tal ruído que o pianista sacudia as mãos como renascendo de alegria.

Foi aí, vendo o último vestígio do passado esplendor dos *chopps*, que eu pensei no fim de todos os números sensacionais dos defuntos cabarés. Onde se perde a esta hora o turbilhão das cançonetistas e dos modinheiros?

Quanta vaidade delirante, quanta miséria acrescida! Decerto, a cidade, a mais infiel das amantes, já nem se recorda desses pobres tipos que já gozaram um dia o seu sucesso e tiveram por instantes o pábulo do aplauso, e, decerto, os antigos triunfadores ficaram para sempre perdidos na ilusão do triunfo que, sempre breve, é para toda a vida a inutilizadora das existências humildes.

Publicada originalmente no livro *Cinematographo: crônicas cariocas* (Porto, Lello & Irmãos, 1909), sem conhecida aparição prévia em jornais.

A PRAIA MARAVILHOSA

Há um ano alguns poetas e alguns homens de sociedade ouviam Isadora Duncan — Musa do Erecteu que passa pelo mundo como o segredo revelado da Beleza suprema. Isadora falava no deslumbramento da natureza. E de repente ela nos perguntou se conhecíamos a praia.

— O Leme?

— Não.

— Copacabana?

— A outra — outra praia...

As belezas naturais do Brasil interessam pouco os brasileiros. Nós positivamente não conhecíamos a outra praia — a praia que sobremaneira impressionara Isadora — a dançarina de gênio profundo. Ela, porém, fez questão de mostrar a sua praia. Servia-lhe um *chauffeur* — titular arruinado que se entrega ao automobilismo nas *garages* por falta de dinheiro. O *chauffeur* sabia onde ficava essa praia. Era preciso ver logo! Assim despencamos da *terrasse* do Moderno Hotel, onde Messager ficou só fumando um charuto. Era mais de meia-noite na noite de inverno e de luar. Os automóveis passaram o Leme, Copacabana e ousadamente, ao chegar à Igrejinha, continuaram por uma rua de indizível calçamento.

— Mas é o fim do mundo.

— Não; é o Arpoador, o Ipanema.

Realmente. A rua dava numa praia sem a iluminação elétrica. Sem outra iluminação mesmo que não fosse a do luar. A do luar era tênue tão derramada estava pelas neblinas. De modo que, com o galope espumarento das ondas, em frente, e a convulsão de titãs petrificados dos montes ao fundo e aquela atmosfera de névoa — pela primeira vez vimos uma daquelas paisagens de Shelley em que a natureza parece findar-se no inebriamento espiritual da sua própria luxúria.

— Como é belo! Como é belo! — dizia Isadora em êxtase.

— Estamos em frente ao Country-Club! Que pena não podermos cear...

E há um ano eu guardava a lembrança desse passeio como qualquer coisa de irreal e de infinitamente belo — como se naquela noite tivesse vivido o *Prometeu* desse mesmo Shelley, sagrado poeta. Há dias, numa sessão de cinematografia — um jornal da semana que, com habilidade inteligente, executa há tempos o jovem cinematografista Alberto Botelho —, tornei a ver Ipanema, não na bruma de um luar de inverno, mas ao sol, com detalhes de beleza maravilhosos.

— É de fato muito bonito!

— V. não conhece ainda Ipanema.

— Conheço sob o prisma Shelley e sob o prisma Isadora.

— Os poetas revelam, os homens realizam. Quer conhecer Ipanema sob o prisma Raul Kennedy de Lemos e Companhia

Construtora? É impossível que não o impressione essa realização para a qual concorrem todas as pessoas de verdadeiro gosto — realizando assim um dos mais belos trechos do Rio — a praia maravilhosa.

O meu desejo era grande de conhecer Ipanema — de verdade, sem Shelley, sem Isadora, sem cinematógrafo. Fazia uma tarde linda. O primeiro automóvel que tomamos levou-nos lá em menos de vinte minutos. A surpresa primeira e agradável foi ver a rua há um ano intransitável — asfaltada. O meu guia explicou:

— Ainda há um pequeno trecho — cerca de quatrocentos metros — por calçar. A Prefeitura decerto não deixará de executar esse trabalho. Com o trabalho de valorização empreendido por Kennedy de Lemos, os terrenos que eram vendidos a três e quatro contos o lote estão sendo vendidos já a oito, dez e mais. Só em impostos de transmissão a Prefeitura ganha com isso. Veja depois o aumento do imposto predial.

Mas nos dávamos na praia com a enorme Avenida Meridional macadamizada.

— Quem macadamizou isto?

— O próprio Raul Lemos. Ele tem um gênio empreendedor. É moço. Ficou-lhe mais de 100 contos o trabalho. E ficou apenas por tal preço, porque a crise de trabalho fez com que muitos operários lhe fossem oferecer a colaboração com salários reduzidos. V. pode imaginar o futuro deste trecho do Rio. Lembra-se do que era o Leme há quinze anos?

— Devem lembrar-se as pessoas mais ou menos velhas.

— Pois era o deserto. Dentro de cinco anos, a Praia Maravilhosa será o bairro mais elegante e mais belo da cidade que a Jane Catulle Mendès denominou *La ville merveilleuse*. Santos Dumont ficou tão impressionado que vai mandar construir aqui uma *villa*.

Eu não via mais a paisagem lunar, de um ano atrás. Via uma cidade monumental surgindo, ao sol da tarde. Eram ruas a alinhar; eram turmas de trabalhadores calçando algumas dessas ruas; eram caminhões-automóveis cruzando-se carregados de material; era o movimento dos *bonds*, que só aparecem quando há no lugar vida própria; era principalmente nas ruas que percorríamos nas casas novas em folha, os estabelecimentos comerciais, indicadores de que o crescimento do bairro se fazia vertiginoso.

— O que se executou este ano! — tornava o meu informante. O prolongamento da linha de *bonds* de Ipanema numa extensão de 1.600 metros; a construção de um ramal da linha de *tramways* para o Leblon numa extensão de 3 mil metros; a construção de uma parte da Avenida Meridional com 1.600 metros de extensão a *macadam* betuminoso — o melhor calçamento no gênero, e toda essa obra em formação. Até o fim do ano há mais 2 mil metros de ruas calçadas.

— Caramba!

— E com planos maiores tais como a ponte que deve ligar o Leblon à Gávea, a linha circular de *bonds*. Para que o bairro surgisse neste cenário excepcional realmente belo, sem o *charivari* de mau gosto de Copacabana e Leme — Raul Kennedy de Lemos formou a Companhia Construtora Ipanema. Dispondo de material próximo a companhia constrói muito mais em conta e a prazo longo em prestações, que equivalem aos aluguéis que eternamente pagam aos proprietários aqueles que não podem ter de pancada a quantia para ter a sua casa.

— E o prazo?

— Dez anos, com a possibilidade de menos tempo porque são aceitas quando possíveis as prestações para amortização mais rápida.

Tinha o nosso automóvel enveredado por uma rua que ia dar a uma colossal serraria.

— Da Empresa?

— A serraria tem várias seções. Ocupará uns 2 mil operários. É bem uma grande fábrica de construções de casas. Casas de luxo. São todas de cimento armado e no seu preparo empregam-se madeiras brasileiras, que até hoje só serviam para móveis de luxo — jacarandá, óleo-vermelho, pau-marfim, pau-cetim. Venha ver uma casa que construímos por 40 contos, com o pagamento em prestações.

Saltamos adiante. Havia quatro vilas de fachada elegante. Entramos numa delas ainda vazia. Quem conhece o desconforto das habitações de aluguel no Rio, com paredes empinadas, portas de pinho pintadas, escadas que rangem, banheiros incríveis e forrações ignóbeis — tem pela comparação verdadeiro pasmo. A casa em que estávamos, com os tetos, as janelas e as portas de óleo vermelho, soalhos em mosaico, sala de banho vasta, e a disposição confortável dos interiores ingleses — era uma casa de luxo.

— Mas, com esta crise, haverá quem se abalance?...

— Os terrenos sobem de preço de semana a semana. Já não há um só de frente para o mar. E as encomendas de construções aumentam na proporção. Pode imaginar dentro de três a quatro anos o que será a Praia Maravilhosa — sendo dentro do mais belo cenário do Rio — a 45 minutos de *bond* da Avenida Central — o bairro onde todas as casas serão grandes ou pequenos palacetes feitos com elegância e arte...

O meu guia fez depois o automóvel parar no Country-Club — para o aperitivo da tarde. Subindo as escadas dessa sociedade tão refinadamente distinta, eu quis concentrar na retina esse outro momento da Praia Maravilhosa — o momento em que uma cidade imprevista e bela desabrocha na beleza irreal e profunda do trecho mais admirável do Rio. E vendo aquele trabalho febril e os palácios brancos sob o carmesim do ocaso, entre o verde-azul do mar, lembrei um outro esforço à beira do deserto, feito há anos por capitalistas belgas — a cidade em que todas as casas são belas e de luxo — Heliópolis, construída de repente a uma hora do Cairo...

O Rio estendeu-se pelas praias. Contornou o Pão de Açúcar e continuou no Leme, em Copacabana. O novo bairro é o derradeiro ponto dessa reticência de casarias. Mas é o ponto final mais formoso de uma cidade — uma nova cidade toda bela num pedaço de terra tão linda, que, sem exageros, é impossível contemplar sem lhe dar o verdadeiro nome: — a Praia Maravilhosa.

Publicada originalmente no jornal *O Paiz*, em 23 de maio de 1917. Após a publicação desse texto, João do Rio teria sido presenteado pela construtora tão elogiada com dois terrenos em Ipanema — confirmando a fama de "cavador" sustentada por seus detratores. Com isso, ele e D. Florência, sua mãe, tornaram-se uns dos primeiros moradores do novo bairro.

A POBRE GENTE

NA FAVELA – TRECHO INÉDITO DO RIO _____ 82

VISÕES D'ÓPIO. OS CHINS DO RIO _____88

AS MARIPOSAS DO LUXO _____ 98

OS LIVRES ACAMPAMENTOS DA MISÉRIA _____ 106

NA FAVELA – TRECHO INÉDITO DO RIO
A MORADA DOS GATUNOS E DESORDEIROS

— Se tens coragem, vai lá acima. Eu fico. Muito cuidadinho com a pele. Adeus!

Essas palavras prudentes nos dizia um prudente cavalheiro, vendo passar as locomotivas, bem no sopé do Morro da Providência. A povoação ali é toda outra, uma porção de trabalhadores, de vagabundos por entre nuvens de poeira, cosendo-se às casas sórdidas e mal alinhadas. Faz um sol forte, um sol que parece mais quente derramado assim naquela poeira, naquelas pedras, naquela gente.

— Mas vem cá, homem, escuta. É impossível ir lá acima sem uma informação.

— Ora, os jornais têm dado, a polícia sabe.

Neste Morro da Providência moram os mais terríveis malandros do mundo, com mulheres tremendas e assassinatos semanais.

— Isso é literário demais!

— Literário? Olha, se gostas dos romances do Visconde

Ponson ou do Visconde Montepin, tens campo vasto para examinar de perto uma sociedade como a inventada por eles.

— Muitas mortes?

— Semanalmente.

— Pois então subo.

— Bom proveito.

Subimos o morro, por um íngreme caminho bordado de águas empoçadas, por onde vão negras maltrapilhas, moleques desnudos, tipos suspeitos, de lenço no pescoço. É impossível imaginar que ali, no centro da cidade, habite gente tão estranha e com uma vida tão própria.

À proporção que caminhamos, vamos admirando as habitações daqueles estranhos moradores. Desde o sopé da montanha as casas são todas feitas de bambu entrelaçado com barro, tendo por teto pedaços de folha de flandres seguros com pedras, são baiucas, são pocilgas, são indescritíveis. A maior parte não tem metro e meio de altura e consta apenas de quatro estacas formando um quadrilátero com o chão por soalho. Aí se acumulam famílias numerosas, crianças nuas, com o ventre enorme, mulheres amarelas e duvidosas quase despidas. As febres grassam em todo o morro. Não são só essas espécies de casas, lôbregas, sem luz, causa das moléstias. Ladeando o caminho grandes poças de águas estagnadas exalam um terrível mau cheiro. Ouvem-se a todo momento gritos, pragas, aparecem caras coléricas às portas, cachorros uivam.

De vez em quando, as baiucas vergonhosas desaparecem e o caminho é como uma garganta, entre as rochas. Encontramos um tipo alto, a carregar água, que se põe a tremer quando nos vê.

— Que faz você?

— Estou carregando água pra casa, sim senhor.

— Casa construída por você mesmo?

— Não, senhor, pago aluguel, tenho senhorio.

— Senhorio por isso! no centro das cidades baiucas destas!

— O morro divide-se em quatro partes. Cada uma tem o seu administrador. O lugar em que eu moro é sossegado. Só há rolo em família, os homens que batem nas mulheres.

— E os capoeiras?

Ele olha para os lados receoso.

— O senhor vá por ali.

Subimos mais, até encontrar um dos administradores dessa interessante vida, e ele, então, prestativo, leva-nos a todos os lados do morro informando-nos.

O Morro da Providência sempre foi um lugar célebre de capoeiragem e assassinatos. Outrora, no lugar onde hoje existe o Cruzeiro, mandado fazer pela Santa Casa, bem no pico da montanha, é que se davam as lições de capoeiragem. Chamavam o china seco e a polícia monárquica nunca pôde acabar com o centro de horror.

Depois da Guerra de Canudos, os mais ousados facínoras voltaram a habitar o píncaro do morro denominado Favela, porque no reduto não há polícia que não seja derrotada.

Há no sítio entre as pardas amasiadas, as negras velhas parteiras e curandeiras, duas mulheres da vida virada. Essas criaturas são a causa dos maiores conflitos do morro. Aos domingos sobem a montanha praças de linha, fuzileiros navais, e é certo o rolo. Quem nos conta isso tem a cabeça partida em dous lugares. O crime entre esses criminosos neles apareceu com as mulheres. As pândegas começam com violão e acabam com a navalha.

— Mas a polícia, que faz a polícia?

A polícia resolveu um interessante meio de acabar com tais cenas: fazer os facínoras "prestar serviços ao delegado", como dizem. Essa ingênua ideia deu em resultado serem aproveitados os valentões da pior espécie, que se tornaram terríveis e são agora os diretores dos conflitos. Falamos nesta ocasião com quatro, o Estêvão, com a cara cortada de gilvazes, o Pedro, o Septe, o João Paraguay.

Todos estão arrogantes, falam malfado às pessoas, espalhando as mãos, com um desbocado falar.

Prestam serviços ao delegado!

São célebres as mortes no Beco do Melão, e lá em cima no china seco. Quando alguma esforçada autoridade manda dar um cerco, precipitam-se todos na mata e, como diz um da tropa, começa o tiro. Essas criaturas, entretanto, julgam-se superiores porque têm casa. Todos a que falamos respondem, apontando as fétidas baiucas.

— Temos a nossa casa!

Descemos, já informados dessa infâmia em pleno centro da cidade, dessa grave lesão aos cofres e às leis da municipalidade, na construção dos horríveis casebres, quando o guia nos pergunta.

— Quer ir à farsa?

Esse lugar, para o qual se desce por escarpas terríveis, é uma gruta que toma um grande ângulo do morro, e dá frente para a pedreira.

Aí vivem gatunos, assassinos, perseguidos pela polícia, vagabundos perigosos, que atracam à noite os trabalhadores e sustentam-se de aves roubadas, de burros e cabras que apanham a jeito.

— V. Sa. dá licença, mas não é bom ir lá sem gente.

— Por quê?

— Porque recebem a tiro.

Deixamos o informante e descemos.

A gruta é profundíssima e escura. Quando lhe chegamos à boca, um grito soa e reboa em prolongado eco.

— Olá! Que quer você? E salta um homem nu da cintura para cima, estrábico. Não há nada mais fácil do que a mentira calma para sustar a raiva desses impulsivos.

Quando o homem chega junto a nós, perguntamos muito tranquilos pelo primeiro nome do assassino que nos vem à cabeça.

— Não está! É servicinho?

— É.

— Às ordens de V. Sa.

— Vocês estão aqui bem?

O tremendo homem abre a dentuça num riso satisfeito.

— É o que há!

Perguntamos se há muita gente na gruta. Àquela hora só ele e mais um *pungista*, com medo da Entre-Rios. De noite há sempre mais de vinte.

— E vocês passam aqui dias?

— Até meses. Já aqui deu à luz uma mulher e, quando se foi, a filha tinha meio ano!

E põe-se a falar, a contar falcatruas, a evidenciar sua destreza, como um burrantim que quer ser aceito. Fartos já dessa infâmia, perguntamos-lhe para concluir:

— Como se chama?

— José Escapado.

— Escapado?

— Ah! isso é cá na nossa língua. Escapado porque nunca foi preso...

É ele ainda quem nos acompanha à volta, quem a troco de qualquer cousa nos ergue para trepar o atalho.

Nós saímos da Favela perfeitamente assombrados. As cenas que secamente narramos são a expressão da verdade e relembram as mais furibundas páginas do rodapé-romance.

É possível que ali, à boca da Rua da América, no centro da cidade, as casas sejam de barro e folha de flandres, construídas por proprietários que delas retiram grossas rendas sem o mínimo escrúpulo? Será crível que, a dous passos da Rua do Ouvidor, haja uma *Favela*, reduto inexpugnável de desordeiros conhecidos e de gatunos temíveis?

Pois há, e, o que é mais, com alguns dos mais valentes prestando serviços à polícia.

Cá embaixo encontramos o amigo prudente.

— Vivo?

— Inteirinho.

— Foste feliz, homem. Para compensar a graça celeste conta esse passeio no teu jornal.

Terá o público a pálida notícia desses assombros, o ilustre Prefeito naturalmente providenciará para mandar demolir essas vergonhas de baiucas, causa de mortes e de vergonhas nossas, e é bem possível que, falando um diário de tantos gatunos e de tantos capoeiras, fique despeitado o delegado com a coragem, e a polícia tome providências...

Publicada originalmente na *Gazeta de Notícias*, em 21 de maio de 1903. Essa crônica foi publicada sem assinatura. No entanto, pela data, pelo estilo e os temas, que se repetem em outros textos, inferimos que foi escrita por João do Rio.

VISÕES D'ÓPIO. OS CHINS DO RIO

— Os comedores de ópio?

Eram seis da tarde, defronte do mar. Já o sol morrera e os espaços eram pálidos e azuis. As linhas da cidade se adoçavam na claridade de opala da tarde maravilhosa. Ao longe, a bruma envolvia as fortalezas, escalava os céus, cortava o horizonte numa longa barra cor de malva e, emergindo dessa agonia de cores, mais negros ou mais vagos, os montes, o Pão de Açúcar, São Bento, o Castelo apareciam num tranquilo esplendor. Nós estávamos em Santa Luzia, defronte da Misericórdia, onde tínhamos ido ver um pobre rapaz eterômano, encontrado à noite com o crânio partido numa rua qualquer. A aragem rumorejava em cima à trama das grandes mangueiras folhudas, dos tamarindeiros e dos *flamboyants*, e a paisagem tinha um ar de sonho. Não era a praia dos pescadores e dos vagabundos tão nossa conhecida, era um trecho de Argel, de Nice, um panorama de visão sob as estrelas doiradas.

— Sim, dizia-me o amigo com quem eu estava, o éter é um vício que nos evola, um vício de aristocracia. Eu conheço outros mais brutais — o ópio, o desespero do ópio.

— Mas aqui!

— Aqui. Nunca frequentou os *chins* das ruas da cidade velha, nunca conversou com essas caras cor de goma que param detrás do Necrotério e são perseguidos, a pedrada, pelos ciganos exploradores? Os senhores não conhecem esta grande cidade que Estácio de Sá defendeu um dia dos franceses. O Rio é o porto de mar, é cosmópolis num caleidoscópio, é a praia com a vaza que o oceano lhe traz.

Há de tudo — vícios, horrores, gente de variados matizes, niilistas rumaicos, professores russos na miséria, anarquistas espanhóis, ciganos debochados. Todas as raças trazem qualidades que aqui desabrocham numa seiva delirante. Porto de mar, meu caro! Os chineses são o resto da famosa imigração, vendem peixe na praia e vivem entre a Rua da Misericórdia e a Rua D. Manuel. Às cinco da tarde deixam o trabalho e metem-se em casa para as tremendas *fumeries*. Quer vê-los agora?

Não resisti. O meu amigo, a pé, num passo calmo, ia sentenciando:

— Tenho a indicação de quatro ou cinco casas. Nós entramos como fornecedores de ópio. Você veio de Londres, tem um quilo, cerca de 600 gramas de ópio de Bombaim. Eu levo as amostras.

Caminhávamos pela Rua da Misericórdia àquela hora cheia de um movimento febril, nos corredores das hospedarias, à porta dos botequins, nas furnas das estalagens, à entrada dos velhos prédios em ruínas.

O meu amigo dobrou uma esquina. Estávamos no Beco dos Ferreiros, uma ruela de cinco palmos de largura, com casas de dois andares, velhas e a cair. A população desse beco mora em magotes em cada quarto e pendura a roupa lavada em bambus nas janelas, de modo que a gente tem a perene impressão de chitas festivas a flamular no alto. Há portas de hospedarias sempre fechadas, linhas de fachadas tombando, e a miséria besunta de sujo e de gordura as antigas pinturas. Um cheiro nauseabundo paira nessa ruela desconhecida.

O meu amigo para no 19, uma rótula, bate. Há uma complicação de vozes no interior, e, passados instantes, ouve-se alguém gritar:

— Que quer?

— João, João está aí?

João e Afonso são dois nomes habituais entre os *chins* ocidentalizados.

João não mora mais...

— Venha abrir, brada o meu guia com autoridade.

Imediatamente a rótula descerra-se e aparece, como tapando a fenda, uma figura amarela, cor de gema de ovo batida, com um riso idiota na face, um riso de pavor que lhe deixa ver a dentuça suja e negra.

— Que quer, senhor?

Tomamos um ar de bonomia e falando como a querer enterrar as palavras naquele crânio já trabucado.

— Chego de Londres, com um quilo de ópio, bom ópio.

— Ópio?... Nós compramos em farmácia... Rua São Pedro...

— Vendo barato.

Os olhos do celeste arregalam-se amarelos, na amarelidão da face.

— Não compreende.

— Decida, homem...

— Dinheiro, não tem dinheiro.

Desconfiará ele de nós, não acreditará nas nossas palavras? O mesmo sorriso de medo lhe escancara a boca e lá dentro há cochichos, vozes lívidas... O meu amigo bate-lhe no ombro.

— Deixa ver a casa.

Ele recua trêmulo, agarrando a rótula com as duas mãos, dispara para dentro um fluxo cuspinhado de palavrinhas rápidas. Outras palavrinhas em tonalidades esquisitas respondem como *pizzicatti* de instrumentos de madeira, e a cara reaparece com o sorriso emplastrado:

— Pode entrar, meu senhor.

Entramos de esguelha, e logo a rótula se fecha num quadro inédito. O número 19 do Beco dos Ferreiros é a visão oriental das lôbregas bodegas de Xangai. Há uma vasta sala estreita e comprida, inteiramente em treva. A atmosfera pesada, oleosa, quase sufoca. Dois renques de mesas, com as cabeceiras coladas às paredes, estendem-se até o fundo cobertas de esteirinhas. Em cada uma dessas mesas, do lado esquerdo, tremeluz a chama de uma candeia de azeite ou de álcool.

A custo, os nossos olhos acostumam-se à escuridão, acompanham a candelária de luzes até ao fim, até uma alta parede encardida, e descobrem em cada mesa um cachimbo grande e um corpo amarelo, nu da cintura para cima, corpo que se levanta assustado, contorcionando os braços moles. Há *chins* magros, *chins* gordos, de cabelo branco, de caras despeladas, *chins* trigueiros, com a pele cor de manga, *chins* cor de oca, *chins* com a amarelidão da cera nos círios.

As lâmpadas tremem, esticam-se na ânsia de queimar o narcótico mortal. Ao fundo um velho idiota, com as pernas cruzadas em torno de um balde, atira com dois pauzinhos arroz à boca. O ambiente tem um cheiro inenarrável, os corpos movem-se como larvas de um pesadelo e essas quinze caras estúpidas, arrancadas ao bálsamo que lhes cicatriza a alma, olham-nos com o susto covarde de *coolies*[1] espancados. E todos murmuram medrosamente, com os pés nus, as mãos sujas:

— Não tem dinheiro... não tem dinheiro... faz mal!

Há um mistério de explorações e de horrores nesse pavor dos pobres celestes. O meu amigo interroga um que parece ter 20 e parece ter 60 anos, a cara cheia de pregas, como papel de arroz machucado.

— Como se chama você?

— Tchang... Afonso.

— Quanto pode fumar de ópio?

— Só fuma em casa... um bocadinho só... faz mal! Quanto pode fumar? Duzentos gramas, pouquinho... Não tem dinheiro.

Sinto náuseas e ao mesmo tempo uma nevrose de crime. A treva da sala torna-se lívida, com tons azulados. Há na escuridão uma nuvem de fumo e as bolinhas pardas, queimadas à chama das candeias, põem uma tontura na furna, dão-me a imperiosa vontade de apertar todos aqueles pescoços nus e exangues, pescoços viscosos de cadáver onde o veneno gota a gota dessora.

E as caras continuam emplastradas pelo mesmo sorriso de susto e de súplica, multiplicado em quinze beiços amarelos, em quinze dentaduras nojentas, em quinze olhos de tormento!

— Senhor, pode ir, pode ir? Nós vamos deitar; pode ir? — suplica Tchang.

Arrasto o guia, fujo ao horror do quadro. A rótula fecha-se sem rumor. Estamos outra vez num beco infecto de cidade

---

1 Termo usado historicamente para designar trabalhadores braçais oriundos da Ásia, especialmente da China e da Índia, durante o século XIX e início do XX.

ocidental. Os *chins* pelas persianas espiam-nos. O meu amigo consulta o relógio.

— Este é o primeiro quadro, o começo. Os *chins* preparam-se para a intoxicação. Nenhum deles tinha uma hora de cachimbo. Agora, porém, em outros lugares devem ter chegado ao embrutecimento, à excitação e ao sonho. Tenho duas casas no meu *booknotes*, uma na Rua da Misericórdia, onde os celestes se espancam, jogando o monte com os beiços rubros de mastigar folhas de bétel, e à Rua D. Manuel número 72, onde as *fumeries* tomam proporções infernais.

Ouço com assombro, duvidando intimamente desse fervilhar de vício, de ninguém ainda suspeitado. Mas acompanho-o.

A Rua D. Manuel parece a rua de um bairro afastado. O Necrotério com um capinzal cercado de arame, por trás do qual os ciganos confabulam, tem um ar de subúrbio. Parece que se chegou, nas pedras irregulares do mau calçamento, olhando os pardieiros seculares, ao fim da cidade. Nas esquinas, onde larápios, de lenço no pescoço e andar gingante, estragam o tempo com rameiras de galho de arruda na carapinha, veem-se pequenas ruas, nascidas dos socalcos do Castelo, estreitas e sem luz. A noite, na opala do crepúsculo, vai apagando em treva o velho casaredo.

— É aqui.

O 72 é uma casa em ruína, estridentemente caiada, pendendo para o lado. Tem dois pavimentos. Subimos os degraus gastos do primeiro, uns degraus quase oblíquos, caminhamos por um corredor em que o soalho balança e range, vamos até uma espécie de caverna fedorenta, donde um italiano fazedor de botas mastiga explicações entre duas crianças que parecem fetos saídos de frascos de álcool. Voltamos à primeira porta, junto à escada, entramos num quarto forrado imoralmente com um esfarripado tapete de padrão rubro. Aí, um homenzinho, em mangas de camisa, indaga com a voz aflautada e sibilosa:

— Os moços desejam?

— É você o encarregado?

— Para servir os moços.

— Desejamos os *chins*.

— Ah! isso, lá em cima, sala da frente. Os porcos estão se opiando.

Vamos aos porcos. Subimos uma outra escada que se divide em dois lances, um para o nascente outro para o poente. A escada dá num corredor que termina ao fundo numa porta, com pedaços de pano branco, à guisa de cortina. A atmosfera é esmagadora. Antes de entrar é violenta a minha repulsa, mas não é possível recuar. Uma voz alegre indaga:

— Quem está aí?

O guia suspende a cortina e nós entramos numa sala quadrada, em que cerca de dez *chins*, reclinados em esteirinhas diante das lâmpadas acesas, se narcotizam com o veneno das dormideiras.

A cena é de um lúgubre exotismo. Os *chins* estão inteiramente nus, as lâmpadas estrelam a escuridão de olhos sangrentos, das paredes pendem pedaços de ganga rubra com sentenças filosóficas rabiscadas a nanquim. O chão está atravancado de bancos e roupas, e os *chins* mergulham a plenos estos na estufa dos delírios.

A intoxicação já os transforma. Um deles, a cabeça pendente, a língua roxa, as pálpebras apertadas, ronca estirado, e o seu pescoço amarelo e longo, quebrado pela ponta da mesa, mostra a papeira mole, como à espera da lâmina de uma faca. Outro, de cócoras, mastigando pedaços de massa cor de azinhavre, enraivece um cão gordo, sem cauda, um cão que mostra os dentes, espumando. E há mais: um com as pernas cruzadas, lambendo o ópio líquido na ponta do cachimbo; dois outros deitados, queimando na chama das candeias as porções do sumo enervante. Estes tentam erguer-se, ao ver-nos, com um idêntico esforço, o semblante transfigurado.

— Não se levantem, à vontade!

Sussurram palavras de encanto, tombam indiferentes, esticam com o mesmo movimento a mão cadavérica para a lâmpada e fios de névoa azul sobem ao teto em espirais tênues.

Três, porém, deste bando estão no período da excitação alegre, em que todas as franquezas são permitidas. Um deles passeia agitado como um homem de negócio. É magro, seco, duro.

— Vem vender ópio? Bom, muito bom... Compro. Ópio bom que não seja de Bengala. Compro.

Logo outro salta, enfiando uma camisola:

— Ah! ah! Traz ópio? Donde?

— Da Sonda...

Os três grupam-se ameaçadoramente em torno de nós, estendendo os braços tão estranhos e tão molemente mexidos naquele ambiente que eu recuo como se os tentáculos de um polvo estivessem movendo na escuridão de uma caverna. Mas do outro lado ouve-se o soluço intercortado de um dos opiados. A sua voz chora palavras vagas.

— Sapan... sapan... Hanoi... tahi...

O *chin* magro revira os olhos:

— Ele está sonhando. Affal está sonhando. Ópio sonho... terra da gente namorada... bonito! bonito!... Deixa ver amostra.

O meu amigo recua, um corpo baqueia — o do chinês adormecido — e os outros bradam:

— Amostra... você traz amostra!

Sem perder a calma, esse meu esquisito guia mete a mão no bolso da calça, tira um pedaço de massa envolvido em folhas de dormideira, desdobra-o. Então o delírio propaga-se. O magro *chin* ajoelha, os outros também, raspando a massa com as unhas, mergulhando os dedos nas bocas escuras, num queixume de miséria.

— Dá a amostra... não tem dinheiro... deixa a amostra!

Miseravelmente o clamor de súplica enche o quarto na névoa parda estrelejada de hóstias sangrentas. Os *chins* curvam o dorso, mostram os pescoços compridos, como se os entregassem ao cutelo, e os braços sem músculos raspam o chão, pegando-nos os pés, implorando a dádiva tremenda. Não posso mais. Cãimbras de estômago fazem-me um enorme desejo de vomitar. Só o cheiro do veneno desnorteia. Vejo-me nas ruas de Tien-Tsin, à porta das *cagnas*,[2] perseguido pela guarda imperial, tremendo de medo; vejo-me nas bodegas de Cingapura, com os corpos dos celestes arrastados em *djinrickchas*,[3] entre malaios loucos brandindo *kriss*[4] assassinos! Oh! o veneno sutil, lágrima do sono, resumo do paraíso, grande matador do Oriente! Como eu o ia encontrar num pardieiro de Cosmópolis, estraçalhando uns pobres trapos das províncias da China!

Apertei a cabeça entre as mãos, abri a boca numa ânsia.

— Vamos, ou eu morro!

O meu amigo, então, empurrou os três *chins*, atirou-se à janela, abriu-a. Uma lufada de ar entrou, as lâmpadas tremeram, a nuvem de ópio oscilou, fendeu, esgueirou-se, e eu caí de bruços, a tremer diante dos *chins* apavorados e nus.

Fora, as estrelas recamavam de ouro o céu de verão...

---

2 Espécie de casa rudimentar na região de Tonkin, entre Vietnã, China e Laos.
3 Veículo pequeno e leve, de duas rodas, puxado por um homem a pé.
4 Arma branca de caráter ritual.

Publicada originalmente na *Gazeta de Notícias*, em 7 de janeiro de 1905, depois inserida, com pequenas alterações, na coletânea *A alma encantadora das ruas*.

AS MARIPOSAS DO LUXO

— Olha, Maria...

— É verdade! Que bonito!

As duas raparigas curvam-se para a montra, com os olhos ávidos, um vinco estranho nos lábios.

Por trás do vidro polido, arrumados com arte, entre estatuetas que apresentam pratos com bugigangas de fantasia e a fantasia policroma de coleções de leques, os desdobramentos das sedas, das plumas, das *guipures,* das rendas.

É a hora indecisa em que o dia parece acabar e o movimento febril da Rua do Ouvidor relaxa-se, de súbito, como um delirante a gozar os minutos de uma breve acalmia. Ainda não acenderam os combustores, ainda não ardem a sua luz galvânica os focos elétricos. Os relógios acabaram de bater, apressadamente, seis horas. Na artéria estreita cai a luz acinzentada das primeiras sombras — uma luz muito triste, de saudade e de mágoa. Em algumas casas correm com fragor as cortinas de ferro. No alto, como o teto custoso do beco interminável, o céu, de uma pureza admirável, parecendo feito de esmaltes translúcidos superpostos, rebrilha, como uma joia em que se tivessem fundido o azul de Nápoles, o verde perverso de Veneza, os ouros e as pérolas do Oriente.

Já passaram as *professional beauties,* cujos nomes os jornais citam; já voltaram da sua hora de costureiro ou de joalheiro as damas do alto tom; e os nomes condecorados da finança e os condes do Vaticano e os rapazes elegantes e os deliciosos vestidos claros airosamente ondulantes já se sumiram, levados pelos "autos", pelas parelhas fidalgas, pelos bondes burgueses. A rua tem de tudo isso uma vaga impressão, como se estivesse sob o domínio da alucinação, vendo passar um préstito que já passou. Há um hiato na feira das vaidades: sem literatos, sem *poses,* sem *flirts.* Passam apenas trabalhadores de volta da faina e operárias que mourejaram todo o dia.

Os operários vêm talvez mal-arranjados, com a lata do almoço presa ao dedo mínimo. Alguns vêm de tamancos. Como são feios os operários ao lado dos mocinhos bonitos de ainda há pouco! Vão conversando uns com os outros, ou calados, metidos com o próprio eu. As raparigas ao contrário: vêm devagar, muito devagar, quase sempre duas a duas, parando de montra em montra, olhando, discutindo, vendo.

— Repara só, Jesuína.

— Ah! minha filha. Que lindo!...

Ninguém as conhece e ninguém nelas repara, a não ser um ou outro caixeiro em mal de amor ou algum pícaro sacerdote de conquistas.

Elas, coitaditas!, passam todos os dias a essa hora indecisa, parecem sempre pássaros assustados, tontos de luxo, inebriados de olhar. Que lhes destina no seu mistério a vida cruel? Trabalho,

trabalho; a perdição, que é a mais fácil das hipóteses; a tuberculose ou o alquebramento numa ninhada de filhos. Aquela rua não as conhecerá jamais. Aquele luxo será sempre a sua quimera.

São mulheres. Apanham as migalhas da feira. São as anônimas, as fulanitas do gozo, que não gozam nunca. E então, todo dia, quando o céu se rocalha de ouro e já andam os relógios pelas seis horas, haveis vê-las passar, algumas loiras, outras morenas, quase todas mestiças. A idade dá-lhes a elasticidade dos gestos, o jeito bonito do andar e essa beleza passageira que chamam — do diabo. Os vestidos são pobres: saias escuras sempre as mesmas; blusa de chitinha rala. Nos dias de chuva um *paragua* e a indefectível pelerine. Mas essa miséria é limpa, escovada. As botas brilham, a saia não tem uma poeira, as mãos foram cuidadas. Há nos lóbulos de algumas orelhas brincos simples, fechando as blusas lavadinhas, broches "montana", donde escorre o fio de uma *châtelaine*.

Há mesmo anéis — correntinhas de ouro, pedras que custam barato: coralinas, lápis-lazúli, turquesas falsas. Quantos sacrifícios essa limpeza não representa? Quantas concessões não atestam, talvez, os modestos pechisbeques!

Elas acordaram cedo, foram trabalhar. Voltam para o lar sem conforto, com todas as ardências e os desejos indomáveis dos 20 anos.

A rua não lhes apresenta só o amor, o namoro, o desvio... Apresenta-lhes o luxo. E cada montra é a hipnose e cada *rayon* de modas é o foco em torno do qual reviravolteiam e anseiam as pobres mariposas.

— Ali no fundo, aquele chapéu...

— O que tem uma pluma?

— Sim, uma pluma verde... Deve ser caro, não achas?

São duas raparigas, ambas morenas. A mais alta alisa instintivamente os bandós, sem chapéu, apenas com pentes de ouro falso. A montra reflete-lhe o perfil entre as plumas, as rendas de dentro; e enquanto a outra afunda o olhar nos veludos que realçam toda a espetaculização do luxo, enquanto a outra sofre aquela tortura de Tântalo, ela mira-se, afina com as duas mãos a cintura, parece pensar coisas graves. Chegam, porém, mais duas. A pobreza feminina não gosta dos flagrantes de curiosidade invejosa. O par que chega, por último, para hesitante. A rapariga alta agarra o braço da outra:

— Anda daí! Pareces criança.

— Que véus, menina! que véus!...

— Vamos. Já escurece.

Param, passos adiante, em frente às enormes vitrinas de uma grande casa de modas. As montras estão todas de branco, de rosa, de azul; desdobram-se em sinfonias de cores suaves e claras, dessas cores que alegram a alma. E os tecidos são todos leves — irlandas, *guipures, pongées,* rendas. Duas bonecas de tamanho natural — as "deusas do chiffon" nos altares da frivolidade — vestem com uma elegância sem-par; uma de branco, *robe Empire;* outra de rosa, com um chapéu cuja pluma negra deve custar talvez 200 mil réis.

Quanta coisa! quanta coisa rica! Elas vão para a casa acanhada jantar, aturar as rabugices dos velhos, despir a blusa de chita — a mesma que hão de vestir amanhã... E estão tristes. São os pássaros sombrios no caminho das tentações. Morde-lhes a alma a grande vontade de possuir, de ter o esplendor que se lhes nega na polidez espelhante dos vidros.

Por que pobres, se são bonitas, se nasceram também para gozar, para viver?

Há outros pares gárrulos, alegres, doidivanas, que riem, apontam, esticam o dedo, comentam alto, divertem-se, talvez mais felizes e sempre mais acompanhadas. O par alegre entontece diante de uma casa de flores, vendo as grandes *corbeilles*, o arranjo sutil das avencas, dos cravos, das angélicas, a graça ornamental dos copos-de-leite, o horror atraente das parasitas raras.

— Sessenta mil réis aquela cesta! Que caro! Não é para enterro, pois não?

— Aquilo é para as mesas. Olhe aquela florzinha. Só uma, por 20 mil réis.

— Você acha que comprem?

— Ora, para essa moças... os homens são malucos.

As duas raparigas alegres encontram-se com as duas tristes defronte de uma casa de objetos de luxo, porcelanas, tapeçarias. Nas montras, com as mesmas atitudes, as estátuas de bronze, de prata, de terracota, as cerâmicas de cores mais variadas repousam entre tapetes estranhos, tapetes nunca vistos, que parecem feitos de plumas de chapéu. Que engraçado! Como deve ser bom pôr os pés na maciez daquela plumagem! As quatro trocam ideias.

— De que será?

A mais pequena lembra perguntar ao caixeiro, muito importante, à porta. As outras tremem.

— Não vá dar uma resposta má...

— Que tem?

Hesita, sorri, indaga:

— O senhor faz favor de dizer... Aqueles tapetes?...

O caixeiro ergue os olhos irônicos.

— Bonitos, não é? São de cauda de avestruz. Foram precisos

quarenta avestruzes para fazer o menor. A senhora deseja comprar?

Ela fica envergonhadíssima; as outras também. Todas riem tapando os lábios com o lenço, muito coradas e muito nervosas.

Comprar! Não ter dinheiro para aquele tapete extravagante parece-lhes ao mesmo tempo humilhante e engraçado.

— Não, senhor, foi só para saber. Desculpe...

E partem. Seguem como que enleadas naquele enovelamento de coisas capitosas — montras de rendas, montras de perfumes, montras de *toilettes,* montras de flores — a chamá-las, a tentá-las, a entontecê-las com corrosivo desejo de gozar. Afinal, param nas montras dos ourives.

Toda a atmosfera já tomou um tom de cinza-escuro. Só o céu de verão, no alto, parece um dossel de paraíso, com o azul translúcido a palpitar uma luz misteriosa. Já começaram a acender os combustores na rua, já as estrelas de ouro ardem no alto. A rua vai de novo precipitar-se no delírio.

Elas fixam a atenção. Nenhuma das quatro pensa em sorrir. A joia é a suprema tentação. A alma da mulher exterioriza-se irresistivelmente diante dos adereços. Os olhos cravam-se ansiosos, numa atenção comovida que guarda e quer conservar as minúcias mais insignificantes. A prudência das crianças pobres fá-las reservadas.

— Oh! aquelas pedras negras!

— Três contos!

Depois, como se ao lado um príncipe invisível estivesse a querer recompensar a mais modesta, comentam as joias baratas, os objetos de prata, as bolsinhas, os broches com corações, os anéis insignificantes.

— Ah! se eu pudesse comprar aquele!

— É só 45! E aquele reloginho, vês? de ouro...

Mas, lá dentro, o joalheiro abre a comunicação elétrica, e de súbito, a vitrina, que morria na penumbra, acende violenta, crua, brutalmente, fazendo faiscar os ouros, cintilar os brilhantes, coriscar os rubis, explodir a luz veludosa das safiras, o verde das esmeraldas, as opalas, os esmaltes, o azul das turquesas. Toda a montra é um tesouro no brilho cegador e alucinante das pedrarias.

Elas olham sérias, o peito a arfar. Olham muito tempo e, ali, naquele trecho de rua civilizada, as pedras preciosas operam, nas sedas dos escrínios, os sortilégios cruéis dos antigos ocultistas. As mãozinhas bonitas apertam o cabo da sombrinha como querendo guardar um pouco de tanto fulgor; os lábios pendem no esforço da atenção; um vinco ávido acentua os semblantes. Onde estará o príncipe encantador? Onde estará o velho D. João?

Um suspiro mais forte — a coragem da que se libertou da hipnose — fá-las despegar-se do lugar. É noite. A rua delira de novo. À porta dos cafés e das confeitarias, homens, homens, um estridor, uma vozeria. Já se divisam perfeitamente as pessoas no Largo de São Francisco — onde estão os bondes para a Cidade Nova, para a Rua da América, para o Saco. Elas tomam um ar honesto. Os tacões das botinas batem no asfalto. Vão como quem tem pressa, como quem perdeu muito tempo.

Da Avenida Uruguaiana para diante não olham mais nada, caladas, sem comentários.

Afinal chegam ao Largo. Um adeus, dois beijos, "até amanhã!".

Até amanhã! Sim, elas voltarão amanhã, elas voltam todo dia, elas conhecem nas suas particularidades todas as montras da feira das tentações; elas continuarão a passar, à hora do desfalecimento da artéria, mendigas do luxo, eternas fulanitas da vaidade, sempre com a ambição enganadora de poder gozar as joias, as plumas, as rendas, as flores.

Elas hão de voltar, pobrezinhas — porque a esta hora, no canto do bonde, tendo talvez ao lado o conquistador de sempre, arfa-lhes o peito e têm as mãos frias com a ideia desse luxo corrosivo. Hão de voltar, caminho da casa, parando aqui, parando acolá, na embriaguez da tentação — porque a sorte as fez mulheres e as fez pobres, porque a sorte não lhes dá, nesta vida de engano, senão a miragem do esplendor para perdê-las mais depressa.

E haveis então de vê-las passar, as mariposas do luxo, no seu passinho modesto, duas a duas, em pequenos grupos, algumas loiras, outras morenas...

Publicada originalmente na *Gazeta de Notícias*, em 23 de março de 1907, e inserida no volume *A alma encantadora das ruas*.

OS LIVRES ACAMPAMENTOS DA MISÉRIA
– A CIDADE DO MORRO DE SANTO ANTÔNIO
– IMPRESSÃO NOTURNA

Certo já ouvira falar das habitações do Morro de Santo Antônio, quando encontrei, depois da meia-noite, aquele grupo curioso — um soldado sem número no *bonnet*, três ou quatro mulatos de violão em punho. Como olhasse com insistência tal gente, os mulatos que tocavam de súbito emudeceram os pinhos, e o soldado, que era um rapazola gingante, ficou perplexo, com um evidente medo. Era no Largo da Carioca. Alguns elegantes nevralgicamente conquistadores passavam de ouvir uma companhia de operetas italiana e paravam a ver os malandros que me olhavam e eu que olhava os malandros num evidente início de escandalosa simpatia. Acerquei-me.

— Vocês vão fazer uma "seresta"?

— Sim senhor.

— Mas aqui no Largo?

— Aqui foi só para comprar um pouco de pão e queijo. Nós moramos lá em cima, no Morro de Santo Antônio...

Eu tinha do Morro de Santo Antônio a ideia de um lugar onde pobres operários se aglomeravam à espera de habitações, e a tentação veio de acompanhar a "seresta" morro acima, em sítio tão laboriosamente grave. Dei o necessário para a ceia em perspectiva e declarei-me irresistivelmente preso ao violão. Graças aos céus não era admiração. Muita gente, no dizer do grupo, pensava do mesmo modo, indo visitar os seresteiros no alto da montanha.

— "Seu" tenente Jucá, confidenciou o soldado, ainda ontem passou a noite inteira com a gente. E ele, quando vem, não quer continência nem que se chame de "seu" tenente. É só Jucá... V. Sa. também é tenente. Eu bem que sei...

Já por esse ponto da palestra nos íamos nas sombras do Teatro Lírico. Neguei fracamente o meu posto militar, e começamos de subir o celebrado morro, sob a infinita palpitação das estrelas. Eu ia à frente com o soldado jovem, que me assegurava do seu heroísmo. Atrás o resto do bando tentava cantar uma modinha a respeito de uns olhos fatais. O morro era como outro qualquer morro. Um caminho amplo e maltratado, descobrindo de um lado, em planos que mais e mais se alargavam, a iluminação da cidade, no admirável noturno de sombras e de luzes, e apresentando de outro as fachadas dos prédios familiares ou as placas de edifícios públicos — um hospital, um posto astronômico. Bem no alto, aclarada ainda por um civilizado lampião de gás, a casa do Dr. Pereira Reis, o matemático professor. Nada de anormal e nem vestígio de gente.

O bando parou, afinando os violões. Essa operação foi difícil. O cabrocha que levava o embrulho do pão e do queijo, embrulho a desfazer-se, estava no começo de uma tranquila embriaguez, os outros discutiam para onde conduzir-me. O soldado tinha uma casa. Mas o Benedicto era o presidente do Club das Violetas, sociedade cantante e dançante com sede lá em cima. Havia, também, a casa do João Rainha. E a casa da Maroca? Ah! mulher! Por causa dela já o jovem praça levara três tiros... Eu olhava e não via a possibilidade de tais moradas.

— Você canta, tenente?

— Canto, mas vim especialmente para ouvir e para ver o samba.

— Bom. Então, entremos.

Desafinadamente, os violões vibraram. Benedicto cuspiu, limpou a boca com as costas da mão, e abriu para o ar a sua voz áspera:

O Morro de Santo Antônio
Já não é morro nem nada...

Vi, então, que eles se metiam por uma espécie de corredor encoberto pela erva alta e por algum arvoredo. Acompanhei-os, e dei num outro mundo. A iluminação desaparecera. Estávamos na roça, no sertão, longe da cidade. O caminho, que serpeava descendo, era ora estreito, ora largo, mas cheio de depressões e de buracos. De um lado e de outro casinhas estreitas, feitas de tábuas de caixão com cercados, indicando quintais. A descida tornava-se difícil. Os passos falhavam, ora em bossas em relevo, ora em fundões perigosos. O próprio bando descia devagar. De repente parou, batendo a uma porta.

— Epa, Baiano! Abre isso...

— Que casa é esta?

— É um botequim.

Atentei. O estabelecimento, construído na escarpa, tinha vários andares, o primeiro à beira do caminho, o outro mais embaixo sustentado por uma árvore, o terceiro ainda mais abaixo, na treva. Ao lado uma cerca, defendendo a entrada geral dos tais casinhotos. De dentro, uma voz indagou quem era.

— É o Constanço, rapaz, abre isso. Quero cachaça.

Abriu-se a porta lateral e apareceu primeiro o braço de um negro, depois parte do tronco e finalmente o negro todo. Era um desses tipos que se encontram nos maus lugares, muito amáveis, muito agradáveis, incapazes de brigar e levando vantagem sobre os valentes. A sua voz era dominada por uma voz de mulher, uma preta que de dentro, ao ver quem pagava, exigiu logo 600 réis pela garrafa.

— Mas seiscentos, dona...

— À uma hora da noite, fazer o homem levantar em ceroulas, em risco de uma constipação...

Mas Benedicto e os outros punham em grande destaque o pagador da passeata daquela noite, e, não resistindo à curiosidade, eles abriram a janela da barraca, que ao mesmo tempo serve de balcão. Dentro ardia sujamente uma candeia, alumiando prateleiras com cervejas e vinhos. O soldadinho, cada vez mais tocado, emborcou o corpo para segredar cousas. O Baiano saudou com o ar de quem já foi criado de casa rica. E aí parados enquanto o pessoal tomava parati como quem bebe água, eu percebi, então, que estava numa cidade dentro da grande cidade.

Sim. É o fato. Como se criou ali aquela curiosa vila de miséria indolente? O certo é que hoje há, talvez, mais de quinhentas casas e cerca de 1.500 pessoas abrigadas lá por cima. As casas não se alugam. Vendem-se. Alguns são construtores e habitantes, mas o preço de uma casa regula de quarenta a 70 mil réis. Todas são feitas sobre o chão, sem importar as depressões do terreno, com caixões de madeira, folhas de flandres, taquaras. A grande artéria da *urbs* era precisamente a que nós atravessamos.

Dessa, partiam várias ruas estreitas, caminhos curtos para casinhotos oscilantes, trepados uns por cima dos outros. Tinha-se, na treva luminosa da noite estrelada, a impressão lida da entrada do arraial de Canudos, ou a funambulesca ideia de um vasto galinheiro multiforme. Aquela gente era operária? Não. A cidade tem um velho pescador, que habita a montanha há vários lustros, e parece ser ouvido. Esse pescador é um chefe. Há um intendente-geral, o agente Guerra, que ordena a paz em nome do Dr. Reis. O resto é cidade. Só na grande rua que descemos encontramos mais dous botequins e uma casa de pasto, que dá ceias. Estão fechadas, mas basta bater, lá dentro abrem. Está tudo acordado, e o parati corre como não corre a água.

Nesta empolgante sociedade, onde cada homem é apenas um animal de instintos impulsivos, em que ora se é muito amigo e grande inimigo de um momento para outro, as amizades só se demonstram com uma exuberância de abraços e de pegações e de segredinhos assustadora — há o arremedo exato de uma sociedade constituída. A cidade tem mulheres perdidas, inteiramente da gandaia. Por causa delas tem havido dramas. O soldadinho vai-lhes à porta, bate:

— Ó Alice! Alice, cachorra, abre isso! Vai ver que está aí o cabo! Eu já andei com ela três meses.

— Que admiração, gente!... Todo o mundo!

Há casas de casais com união livre, mulheres tomadas. As serenatas param-lhes à porta, há raptos e, de vez em quando, os amantes surgem rugindo, com o revólver na mão. Benedicto canta à porta de uma:

Ai! tem pena do Benedito
Do Benedito Cabeleira.

Mas também há casas de famílias, com meninas decentes. Um dos seresteiros, de chapéu-panamá, diz de vez em quando:

— Deixemos de palavrada, que aqui é família!

Sim, são famílias, e dormindo tarde porque tais casas parecem ter gente acordada, e a vida noturna ali é como uma permanente serenata. Pergunto a profissão de cada um. Quase todos são operários, "mas estão parados". Eles devem descer à cidade, e arranjar algum cobre. As mulheres, decerto também, descem a apanhar fitas nas casas de móveis, amostras de café na praça — "troços por aí". E a vida lhes sorri e não querem mais e não almejam mais nada. Como Benedicto fizesse questão, fui até à sua casa, sede também do Club das Violetas, de que é presidente. Para não perder tempo, Benedicto saltou a cerca do quintal e empurrou a porta, acendendo uma candeia. Eu vi, então, isso: um espaço de teto baixo, separado por uma cortina de saco. Por trás dessa parede de estopa, uma velha cama, onde dormiam várias damas. Benedicto apresentou pagãmente:

— Minha mulher.

Para cá da estopa, uma espécie de sala com algumas figurinhas nas paredes, o estandarte do *club*, o vexilo das violetas embrulhado em papel, uma pequena mesa, três homens moços roncando sobre a esteira na terra fria ao lado de dous cães, e, numa rede, tossindo e escarrando, inteiramente indiferente à nossa entrada, um mulato esquálido, que parecia tísico. Era simples. Benedicto mudou o casaco e aproveitou a ocasião para mostrar-me quatro ou cinco sinais de facadas e de balaços no corpo seco e musculoso. Depois cuspiu:

— Epa, José, fecha...

Um dos machos que dormiam embrulhados em colchas de chita ergueu-se, e saímos os dous sem olhar para trás. Era tempo. Fora, afinando instrumentos, interminavelmente, os seresteiros estavam mesmo como "paus-d'água" e já se melindravam com referências à maneira de cantar de cada um. Então, resolvemos bater à porta da caverna de João Rainha, formando um barulho formidável. À porta — não era bem porta, porque abria apenas a parte inferior, obrigando as pessoas a entrarem curvadas — clareou uma luz, e entramos todos. Numa cama feita de taquaras dormiam dous desenvolvidos marmanjões, no chão João Rainha e um rapazola de dentes alvos. Nem uma surpresa, nem uma contrariedade. Estremunharam-se, perguntaram como eu ia indo, arranjaram com um velho sobretudo o lugar para sentar-me, hospitaleiros e tranquilos.

— Nós trouxemos ceia! — gaguejou um modinheiro.

Aí é que lembramos o pão e o queijo, esmagados, amassados entre o braço e o torso do seresteiro. Havia, porém, cachaça — a alma daquilo — e comeu-se assim mesmo, bebendo aos copos o líquido ardente. O jovem soldadinho estirou-se na terra. Um outro deitou-se de papo para o ar. Todos riam, integralmente felizes, dizendo palavras pesadas, numa linguagem cheia de imprevistas imagens. João Rainha, com os braços muito tatuados, começou a cantar.

— O violão está no norte e você vai pro sul, comentou um da roda.

João Rainha esqueceu a modinha. E, enquanto o silêncio se fazia cheio de sono, o cabra de papo para o ar desfiou uma outra compridíssima modinha. Olhei o relógio: eram três e meia da manhã.

Então, despertei-os com três ou quatro safanões:

— Rapaziada, vou embora.

Era a ocasião grave. Todos, de um pulo, estavam de pé, querendo acompanhar-me. Saí só, subindo depressa o íngreme caminho, de súbito ingenuamente receoso que essa *tournée* noturna não acabasse mal. O soldadinho vinha logo atrás, lidando para quebrar o copo entre as mãos.

— Ó tenente, você vai hoje à Penha?

— Mas nem há dúvida.

— E logo vem ao samba das Violetas?

— Pois está claro.

Atrás, o bolo dos seresteiros berrava:

O Morro de Santo Antônio
Já não é morro nem nada...

E quando de novo cheguei ao alto do morro, dando outra vez com os olhos na cidade, que embaixo dormia iluminada, imaginei chegar de uma longa viagem a um outro ponto da terra, de uma corrida pelo arraial da sordidez alegre, pelo horror inconsciente da miséria cantadeira, com a visão dos casinhotos e das caras daquele povo vigoroso, refestelado na indigência em vez de trabalhar, conseguindo bem no centro de uma grande cidade a construção inédita de um acampamento de indolência, livre de todas as leis. De repente, lembrei-me que a varíola caíra ali ferozmente, que talvez eu tivesse passado pela toca de variolosos. Então, apressei o passo de todo. Vinham a empalidecer na pérola da madrugada as estrelas palpitantes e canoramente galos cantavam por trás das ervas altas, nos quintais vizinhos.

Publicada originalmente na *Gazeta de Notícias*, em 3 de novembro de 1908, e depois inserida no volume *Vida vertiginosa*.

FRÍVOLA CITY

O REVERSO _____ 116

O CHÁ E AS VISITAS _____ 122

UM CASO COMUM _____ 130

A CURA NOVA _____ 136

AS OPINIÕES DE UM MOÇO BONITO _____ 144

SER SNOB _____ 150

O REVERSO

— Bebes mais Apollinaris? Eu bebo Vichy. Continuo. Augusto, traze mais Apollinaris. Ui! que calor.

Ouviu-se um estouro na copa, e logo com o seu passo servi-çal, que deslizava sobre os tapetes, Augusto, de casaca, atravessou o salão, onde Godofredo de Alencar nos dava de almoçar. Está-vamos em março, e os ventiladores elétricos no alto teto mo-viam-se vertiginosamente. Bebi, aos tragos, a fervente água, e, relanceando um olhar pelas paredes forradas de couro lavrado, pelos altos espelhos da mobília, pelo confortável dos divãs, disse:

— Pois Godofredo, admira! Já em março, e sem arredares pé desta fornalha que se chama o Rio... Como! Será crível que um homem rico, profundamente rico, belo, profundamente belo...

— Oh! filho...

— Sim, deixa dizer. Instruído, conhecendo os seus poetas, não se lembre, com este calor formidável, dos conselhos dos mestres?

Será possível esquecer assim o velho conselho do velho Ovídio na mais velha *Arte de amar*?

O gênero de *sport* a que se dedica o Godofredo é o de acompanhar as mulheres aos lugares de prazer. Ora, depois do teatro, desde o rapto das sabinas um lugar propício às conquistas, não há outro mais interessante que uma estação de águas.

Eu venho de Caxambu, filho, daquela Caxambu nossa conhecida, a tratar de uns negócios e volto amanhã mesmo para o remanso *ut fama est salubris*[1].

Depois da citação, mordi, com gula, o pão, e já ia, confidencialmente, brilhar aos olhos do meu amigo venturoso as minhas parcas venturas, quando Godofredo, esticando as mãos finas e longas, disse com trespassante negror:

— Como és feliz!

Desnorteei. Entretanto como o via, rosado e calmo, no seu original roupão de seda malva com alamares de prata, olhando a mesa, e como essa mesa era florida e luminosa, tendo para servi-la um criado de casaca, abri os braços e declamei:

— Tu, a achares alguém feliz! Tu! Como o calor escurece a sorte! Parte, abandona o Rio, deixa este Senegal com casas, ou então suicida-te.

— É que não posso, filho, não posso...

— Ora essa, por quê?

— É horrível, enormemente horrível! Sofro de um mal, o mal do reverso.

E fincou a mão no queixo, furioso.

— Mas, Godofredo, explica-te, homem...

— Sabes o que é o reverso da medalha, sabes o que é, moralmente falando, essa banalidade popular, essa infame banali-

---

1 "Segundo consta, é saudável." Provável menção a um verso de *Arte de amar*, de Ovídio: *"Non haec, ut fama est, unda salubris erat"* ("Segundo consta, essas águas não são saudáveis").

dade? É, simplesmente, a conta do que pode gozar um homem na vida. Eu tenho o meu reverso; pago a minha sorte. Eu, oh! Deus dos céus! dou na vista.

— Mas isso até é um bem.

— Um bem? Não sabes então o que é o mal. Que pensas tu de mim, francamente?

— Eu, francamente, acho-te adorável! Rico, belo, inteligente, irresistível...

Godofredo saltou:

— Irresistível? não digas isso, faze esse favor, não digas. Um amigo íntimo que ainda não deu pela minha tortura moral, por essa desgraça irremediável! não posso mais! Aturo o reverso desde que comecei a pensar. Logo ao aparecer, de volta do meu curso em Paris, deram de me achar notável, de acompanhar com olhares rancorosos os meus passos. O pior inimigo do homem é o próprio homem. Inventaram uma qualidade, uma qualidade que pudesse ser possível e me separasse do mundo, da minha roda, da vida.

— E essa qualidade?

— É a de conquistador, vê tu, conquistador, um qualificativo grotesco, imoral, doloroso. Oh! conquistador! A princípio isso me fez rir. Continuava, graças a minha família, a entrar em casa de gente séria e honesta. Fui vendo, porém, que, entre mim e elas, cavava a conveniência um negro abismo. A fama! O meu reverso crescia como uma sombra. Os velhos trataram-me com polidez regelada, os maridos estavam mal sempre que estavam comigo, e as mulheres, essas — coitadas! olhavam-me com pavor e desejo. Retraí-me. Bastava falar com uma senhora, para logo choverem as piadas, os olhos em derredor fuzilarem malícia... Já não podia valsar! — com as *demoiselles* envoltas em gaze e em virgindade.

Acabei fatal, sinistro, como D. Juan, como Camors, como Priola, a minha vida era "priolizar"... Tomas mais Apollinaris?

— Não, continua...

— Se eu te contasse tudo, os dissabores, as dores, as anedotas desta vida de coação social... Uma vez, no Cassino, conversei duas horas com minha irmã, que voltava da sua viagem de núpcias pelas terras do Norte da Europa. Sabes quanto Bellinha é original. Pois quando a deixei, um basbaque olhou-me e bradou amável: "Recebe ao vivo impressões dos *fjords*?".

Disse-lhe com calma que aquela dama não era, por ser minha irmã, a menos que a moral do cavalheiro admitisse a constituição de Atenas e a honestidade de Cimon...

Se fossem só os homens a me derruir sob esse halo de conquistas, ainda vá, mas as mulheres, filho, as mulheres tomaram a sério da lenda, a mentira, o ciúme parvo dos maridos e eu nunca me hei de esquecer da frase de uma senhora a quem visitava:

— Não está ninguém! Aproveitemos...

— Aproveitaste?

— Aproveitei sim, mas com a angústia do mal irremediável. Para outro qualquer indivíduo sem escrúpulos, isso seria um prazer; para mim, seja neurastenia ou seja imoralidade, o mal de ser fatal abalou-me tanto que, a pouco e pouco, fui abandonando as recepções, as visitas... Ah! Prova esta torta de frutas, está magnífica. Não sei, é fenomenal, sempre que entristeço aumenta-me a fome.

— Mas a tua história...

— Imaginas que me adiantou recuar? Qual! A fama enraigara-se, crescia, alfombrava a minha vida inteira. Esse Godofredo, sempre *dernière petiolette*! Simplifica os incômodos das conquistas, afastando-se dos maridos.

Violentamente tornei pública uma vida de escândalos com *cocottes* cosmopolitas, fiz estrear uma criaturinha de província, como cantora argeliana, num café cantante... A fama continuava. Fiz versos, cheguei a fazer versos... Tudo em vão. Era, tinha que ser, estava decretado que eu era o conquistador oficial dos adultérios irrealizados... Se ia a Santa Teresa num *tramway*, onde naturalmente iam senhoras, uma delas amava-me; se almoçava no Jardim Botânico, lá tinha uma entrevista.

Uma vez, para me furtar à obsessão do reverso, fui a Ipanema com chuva, e trincava uma *sandwich* horrenda, quando, na sala do hotel, surge o Gastão de Souza, reumático, arrastando-se. Pois o amigo Gastão abancou com dificuldade e disse logo:

— Já sei, temos cousa. Se é segredo podes contar comigo!

Tu ris, ris! é que nunca tiveste de arcar com o reverso da tua felicidade. É horrendo! Saí de lá furioso. Perdera, fraquejara, não era possível lutar mais. Desde então, meu caro, para toda a gente eu estou classificado como conquistador perigoso, sofro a cruel verruma do olho da sociedade a espiar-me os passos.

E agonizo com isso, vivo em casa, não saio, nem já tenho coragem de cumprimentar as senhoras na rua, para não as comprometer e parecer ridículo...

— E ficas a tostar no Rio, por isso?

— Tomas *champagne*? Augusto, *champagne*. Achas que não é razão? Tenho tentado ir para as estações d'águas, conhecidas, mas recuo. Os jornais dizem haver gente conhecida em todas. Se eu partir amanhã, julgarão logo que é por tal ou tal senhora, as cartas anônimas choverão... Não! Não é possível! Olha, só vou para o estrangeiro no inverno, e lendo antes a lista de passageiros, por precaução. Estou certo que, se encontrasse a bordo uma família conhecida, rebentariam logo a falar, como falam quando estou nas corridas, quando passeio de automóvel, como falam porque chamei a minha égua de Elsa e porque tenho um *fauteuil* no Lírico, um *fauteuil* estratégico para o *flirt* universal! Morro. Estou morto. Eis por que passo a estação de brasa em casa e no Rio.

Reconhecendo sutilmente o mal profundo de Godofredo de Alencar, eu, que ainda não sofrera do reverso e bebia *champagne*, dei à fisionomia um ar de melancolia civilizada, puxei o punho com arte, e atirei estas solícitas palavras:

— Coitado do Godofredo! E sem culpa, com um reverso tão grande, tão desproporcional! Mas tu tens remédio, um remédio absoluto: muda de meio, parte para a China, percorre o universo, não volta mais...

Godofredo pousou, repentinamente, a sua longa *flûte*, onde o *champagne* porejava em evaporação borbulhante:

— Hein? quê? partir? não voltar mais aqui?

Estás doido! e abotoando os alamares do chambre, quase com raiva, bradou: Achas-me então com cara de abandonar todas essas mulheres?

Publicada originalmente na *Gazeta de Notícias*, em 8 de junho de 1903. Assinada por Paulo Barreto, essa é a primeira crônica de cunho ficcional publicada por ele nesse jornal.

O CHÁ E AS VISITAS

A vida nervosa e febril traz a transformação súbita dos hábitos urbanos. Desde que há mais dinheiro e mais probabilidades de ganhá-lo — há mais conforto e maior desejo de adaptar a elegância estrangeira. A ininterrupta estação de sol e chuva de todo ano é dividida de acordo com o protocolo mundano; o jantar passou irrevogavelmente para a noite. Todos têm muito que fazer e os deveres sociais são uma obrigação.

— Em que ocupará a minha amiga o seu dia de hoje?

— A massagista, às nove horas, seguida de um banho tépido com essência de jasmim. Aula prática de inglês às dez. *All right!* Almoço à inglesa. Muito chá. *Toilette*. Costureiro. Visita a Fulana. Dia de Cicrana. Chá de Beltrana. Conferência literária. Chá na Cave. Casa. *Toilette* para o jantar. Teatro. Recepção seguida de baile na casa do general...

Não se pode dizer que uma carioca não tem ocupações no inverno. É uma vida de terceira velocidade extraurbana. Mas também todos os velhos e todas as velhas que se permitem ainda existir não contêm a admiração e o pasmo pela transformação de mágica dos nossos costumes. E a transformação súbita, essa transformação que nós mesmos ainda não avaliamos bem, feita assim de repente no alçapão do Tempo, foi operada essencialmente pelo Chá e pelas Visitas.

Sim, no Chá e nas Visitas é que está toda a revolução dos costumes sociais da cidade neste interessantíssimo começo do século.

Há dez anos o Rio não tomava chá senão à noite, com torradas, em casa das famílias burguesas.

Era quase sempre um chá detestável. Mas assim como conquistou Londres e tomou conta de Paris, o chá estava apenas à espera das avenidas para se apossar do carioca. Há dez anos, minutos depois de entrar numa casa era certo aparecer um moleque, tendo na salva de prata uma canequinha de café:

— É servido de um pouco de café?

O café era uma espécie de colchete da sociabilidade no lar e de incentivo na rua. Assim, como sem vontade o homem era obrigado a beber café em cada casa, o café servia nos botequins para quando estava suado, para quando estava fatigado, para quando não tinha o que fazer — para tudo enfim.

Foi então que apareceu o Chá, impondo-se hábito social. As mulheres — como em Londres, como em Paris — tomaram o partido do Chá. O amor é como o chá, escreveu Ibsen. O chá é o Oriente exótico, escreveu Loti. As mulheres amam o amor e o exotismo. Amaram o chá, e obrigaram os homens a amá-lo. Hoje toma-se chá a toda a hora — com creme, com essências fortes, com e sem açúcar, frio, quente, de toda a maneira, mas sempre chá. O chá excita a energia vital, facilita a palestra, dá espírito a quem não o tem — e são tantos!... — dizem mesmo que é indulgente, engana a fome e diminui o apetite. Quando as damas são gordas, o chá emagrece, quando as damas são magras dá-lhes com o seu abuso, sensações de frialdade cutânea, um vago mal-estar nervoso, que é de um encanto ultramoderno. Por isso toda a gente toma chá.

— Onde vai?

— Tomar um pouco de chá. Estou esfomeado!

— Mas que pressa é esta?

— Quatro horas, meu filho, a hora do *five-o'clock* da condessa Adriana!...

O chá é distinto, é elegante, favorece a conversa frívola e o amor que cada vez mais não passa de *flirt*. É inconcebível um idílio entre duas xícaras de café. Não houve romancista indígena, nem mesmo o falecido Alencar, nem mesmo o bom Macedo, com coragem de começar uma cena de amor diante de uma cafeteira. Entretanto o chá parece ter sido apanhado na China e servido a quatro ou cinco infusões de mandarins opulentos, especialmente para perfumar depois, de modo vago, o amor moderno. Por isso vale a pena ir a um chá, a um *tea room*.

Há ranchos de moças de vestes claras, rindo e gozando o chá; há mesas com estrangeiros e com velhas governantas estrangeiras, há lugares ocupados só por homens que vão namorar de longe, há rodas de *cocottes* cotadas ao lado da gente de escol. Tudo ri. Todos se conhecem. Todos falam mal uns dos outros. Às vezes fala-se de uma mesa para outra; às vezes há mesas com uma pessoa só, esperando mais alguém, e o que era impossível à porta de um botequim, ou à porta grosseira de uma confeitaria, é perfeitamente admissível à porta de um Chá.

— Dar-me-á V. Exa. a honra de oferecer-lhe o chá? — Mas com prazer. Morro de fome...

E dois dias depois, ele, que esperou vinte minutos, na esquina:

— Mas o Destino protege-me! Chegamos sempre à mesma hora para o nosso chá...

O nosso chá! O chá faz a reputação de uma dona de casa. Nos tempos de antanho, uma boa dona de casa era a senhora que sabia coser, lavar, engomar e vestir as crianças. Hoje é a dama que serve melhor o chá, e que tem com mais *chic* — *son jour*[1], para reter um pouco mais as visitas.

Se acordássemos uma titular do Império do repouso da tumba para passeá-la pelo Rio transformado — era quase certo que essa senhora, com tanto chá e tantos salões que recebem, morreria outra vez.

Há talvez mais salões que recebem do que gente para beber chá. Diariamente as seções mundanas dos jornais abrem notícias comunicando os dias de recepção de diversas senhoras, de Botafogo ao Caju. Toda dama que se preza — e não há dama ou cavalheiro sem uma alevantada noção da própria pessoa — tem o seu dia de recepção e a sua hora. Algumas concedem a tarde inteira, e outras dão dois dias na semana. Há pequenos grupos de amigos que se apropriam da semana e se distribuem mutuamente os dias e as horas. De modo que o elegante mundano com um círculo vasto de relações, isto é, tendo relações com alguns pequenos grupos, fica perplexo diante da obrigação de ir a três ou quatro salões à mesma hora, ficando um nas Laranjeiras, outro na Gávea, outro em São Cristóvão e outro em Paula Matos — bairro talvez modesto quando por lá não passava o elétrico de Santa Teresa... Outrora só se davam o luxo de ter dias, o seu "dia", as damas altamente cotadas da corte.

---

1 Seu dia.

O mesmo acontecia na França, antes de Luís XVI. A visita era imprevista, e sem pose.

Ouvia-se bater à porta:

— Vai ver quem é?

— É D. Zulmira, sim senhora, com toda a família.

Havia um alvoroço. Apenas dez da manhã e já a Zulmira! E entrava D. Zulmira, esposa do negociante ou do funcionário Leitão, com as três filhas, os quatro filhos, o sobrinho, a cria, o cachorrinho.

— Você? Bons ventos a tragam! Que sumiço! Pensei que estivesse zangada.

— Qual, filha, trabalhos, os filhos. Mas hoje venho passar o dia, Leitão virá jantar...

E ficava tudo à vontade. As senhoras vestiam as *matinées*[2] das pessoas de casa, as meninas faziam concursos de doces, os meninos tomavam banho juntos no tanque e indigestões coletivas. Às cinco chegava o Leitão com a roupa do trabalho e ia logo lavar-se à *toilette* da dona da casa, o quarto patriarcal da família brasileira, tão modesto e tão sem pretensões... Só às onze da noite o rancho partia ou pensava em partir, porque às vezes a dona da casa indagava.

— E se vocês dormissem...

— Qual! Vamos desarranjar...

— Por nós, não! É até prazer.

E dormiam mesmo e passavam um, dois, três dias, e as despedidas eram mais enternecidas do que para uma viagem.

Hoje só um doido pensa em passar dias na casa alheia. Passar dias com tanto trabalho e tantas visitas a fazer! Só a expres-

---

2 Espécie de bata que as mulheres usavam dentro de casa.

são — "passar dias" — é impertinente. Não se passam dias nem se vai comer à casa alheia sem prévio convite. Adeus à bonomia primitiva, à babosa selvageria. Vai-se cumprir um dever de cortesia e manter uma relação de certo *clan* social que nos dá ambiente em público com as senhoras e prováveis negócios com os maridos. As damas elegantes têm o "seu dia". Há tempos ainda havia um criado bisonho para vir dizer.

— Está aí o Dr. Fulano.

Agora, o Dr. Fulano tem as portas abertas pelo criado sem palavras e entra no salão sem espalhafato. Os cumprimentos são breves. Raramente aperta-se a mão das damas. Há sempre chá, *petits fours* e esse alucinante tormento mundano chamado *bridge*. Muitos prestam atenção ao *bridge*. Fala-se um pouco mal do próximo com o ar de quem está falando da temperatura e renovam-se três ou quatro repetições de ideias que agitam aqueles cerebrozinhos.

Depois um cumprimento, um *shake-hands* perdido, ondulações de reposteiros. Quanto menos demora, mais elegância. Vinte minutos são um encanto. Uma hora, o *chic*. Duas horas só para os íntimos, os que jogam *bridge*. Esses levam mesmo mais tempo. E sai-se satisfeito com o suficiente de *flirt*, de mundanice, de dever, de novidade para ir despejar tudo na outra recepção... Haverá quem tenha saudades da remotíssima época do Café e das Visitas que passavam dias? Oh ! não ! não é possível! Civilização quer dizer ser como a gente que se diz civilizada. Essa história de levar o tempo, sem correção, sem linha, numa desagradável bonacheirice, podia ser incomparável e era. Em nenhuma grande cidade com a consciência de o ser, se faziam visitas como no Rio nem se tomava café com tamanha insensatez. Mas não era *chic*, não tinha o brilho delicado da arte de cultivar os conhecimentos, erigir a conservação do conhecimento num trabalho sério e conservar a própria individualidade e a sua intimidade a salvo da invasão de todos os amigos.

Com o Chá e as Visitas modernas, ninguém se irrita, ninguém dorme a conversar, os cacetes são abolidos, a educação progride, há mais aparência e menos despesa, e um homem só pode queixar-se de fazer muitas visitas, isso com o recurso de morrer e exclamar como Ménage na hora do trespasse.

> *Dieu soit loué!*
> *Je ne ferais plus de visites...*[3]

Temos aí o inverno, a *season* deliciosa. Em que ocupará a carioca o seu dia! Em fazer-se bela para tomar chá e ir aos "dias" das suas amigas. Não se pode dizer que não tenha ocupações e que assim não conduza com suma habilidade a reforma dos hábitos e dos costumes, reforma operada essencialmente pelo chá e pelas visitas...

Daí talvez esteja eu a teimar numa observação menos verdadeira. Em todo caso, o chá inspira esses pensamentos amáveis, e desde que tem o homem de ser dirigido pela mulher, em virtude de um fatalismo a que não escapam nem os livres-pensadores — mais vale sê-lo por uma senhora bem vestida, que toma chá e demora pouco...

---

3 Deus seja louvado! Não farei mais visitas...

Publicada originalmente no jornal *A Notícia*, em 2 de abril de 1908, depois inserida na coletânea *Vida vertiginosa*.

UM CASO COMUM

Como fosse ontem visitar o meu amigo conselheiro Azeve-do (Guimarães Azevedo, antigo cônsul da Dinamarca), tive o desprazer de encontrá-lo furioso. Assim que, com prudência e conforto, eu me afundei num vasto divã da sua sala de fumar, Azevedo, antigo cônsul da Dinamarca, desabafou:

— Oh! os filhos! os filhos! Meu amigo, mate-se, mas não tenha filhos. É preferível morrer!

Deus misericordioso! Seria possível que Azevedo, conse-lheiro, rico, feliz, antigo cônsul, com dois filhos desempenados e cinco raparigas tão lindas que era para julgar cinco as graças redivivas, seria possível mesmo que assim fosse amargurado pela prole?

— Não é pela prole, é só pelos meninos! — berrou ele. As meninas são uns anjos, os rapazes é que só nos darão desgostos. Mate-se, mas não tenha filhos!

E entre exclamações de cólera, naquele gabinete feito para o sonho embrutecido dos fumantes, Guimarães Azevedo, conselheiro, pai de sete filhos, meu amigo e antigo cônsul da Dinamarca, contou-me a causa da sua fúria.

Essa causa encerra um dos mais graves problemas do Brasil, porque resume, num exemplo único e perfeito, um mal geral.

Guimarães Azevedo, riquíssimo, teve desde muito cedo a mania do estrangeiro. O Rio de Janeiro foi sempre para ele um lugar de sofrimento, uma espécie de prisão. Uma aldeia horrível da Bretanha com camponeses mais selvagens que os nossos selvagens tinha para ele mais encantos do que Petrópolis, sem diplomatas. Londres era o tipo da cidade ideal. Paris fazia-o revirar os olhos e lamber os beiços só com a sua lembrança, e, a propósito de qualquer coisa, sempre da sua cachola saíam símiles estrangeiros:

— Ora vejam, este pão assim redondo! Em Bruxelas, o pão era mais oval.

E quando gostava de alguém, logo comunicava ao universo:

— Não sabem vocês porque simpatizo com Fulano? Porque tem um ar estrangeiro, um ar lavado...

Um dia, Azevedo encontrou em D. Carlota Pereira (Yayá para os íntimos) esse ar estrangeiro, esse ar lavado por uma porção de centenas de contos do velho comendador Pereira. E casou. Desde então dividiu o ano: seis meses aqui, na prisão, no forno, tratando dos negócios, seis meses lá, no paraíso. Os filhos foram nascendo nesse perpétuo passeio. Abigail, a mais velha, nascera na Escócia, na região dos lagos, e era em casa a *miss*, apesar de ser uma cabocla de olhar ardente e negra crina selvagem; Antonieta nascera em Sorrento, após uma crise sentimental de D. Yayá pela Graziella, de Lamartine, e havia uma até que nascera no polo, numa *croisière* feita por Azevedo e um negociante dinamarquês pelas costas da Escandinávia, até ao arquipélago de Loffoden.

Na intimidade, a família de Azevedo achava maravilhoso jogar com cinco línguas. Se o pai perguntava em alemão, D. Yayá respondia em italiano, e as meninas exclamavam em francês. Isso era para eles muito chique e ainda hoje quem frequenta a sua linda casa deve pelo menos compreender meia dúzia de idiomas. Mas o fato é que os desprendia da sua própria terra, do seu país, sem lhes dar outro. Azevedo já era um homem sem pátria, mas restava-lhe a família. Que fez ele com o seu estrangeirismo? Matou-a. As meninas educadas em casa ainda guardam por ele um certo amor, no curto descaso que lhes concede a *flirtation*; os meninos, esses, que deviam ser os seus amigos, logo que puderam soletrar o alfabeto, Azevedo jogou-os num internato suíço.

— Vão ver que educação eles terão! bradava em várias línguas. E de seis em seis meses ia vê-los a Lucerna. Um dia encontrou Octávio, o mais velho, com a cabeça quebrada. Fora o professor que lha rachara. Ficou furioso e removeu os meninos para um colégio de padres da Áustria, mas aí a colônia de meninos ricos brasileiros que se desnacionalizavam era tal que, aterrorizado, Azevedo atirou os meninos definitivamente na Inglaterra.

Os meninos ficaram. A pouco e pouco foram criando uma outra alma e vendo no pai tudo menos um pai. A família começou a ser para eles um grupo de senhoras desconhecidas em várias pensões de turismo, e eu creio bem que pelo *entrainement* habitual, nos minutos em que se viam, havia quase o *flirt* familiar, de tal forma eram artificiais as momices e as frases estrangeiras das conversas.

Um belo dia Azevedo lembrou-se de que os filhos deviam trabalhar. Trabalhar onde? No Rio, neste forno infernal.

Meninos, sabendo línguas, tendo feito exercícios de composição grega em Oxford, com uma sólida educação física, estavam aqui, estavam com belos lugares. Octávio, o mais velho, apesar da prática do futebol e do remo que sucessivamente na Suíça e na Inglaterra lhe deformara o corpo, tinha uma alma feminina e passiva. Chegou, empregou-se.

— Eu não gosto disso, não, papai.

E Azevedo cruel, porque nada como a separação para fazer pensar aos pais que a paternidade confere direitos de posse e de escravidão:

— Nada de reclamações. Dei-lhes educação, gastei dinheiro. Trabalhem.

Jorge, porém, o mais moço, além de um gênio voluntarioso e másculo, herdara as manias do pai. O esnobismo de Azevedo transformara-se em verdadeiro horror pelo Brasil, na sua alma jovem. Dois dias depois ele disse:

— Meu pai, não posso ficar aqui. Esta gente causa-me nojo. Não posso ficar.

O horror, longe de decrescer, aumentou. Quando Azevedo preparava as malas para ir passar o nosso verão em Londres, aos soluços, o pequeno, que tem apenas 15 anos, jurou que não ficava, que não podia ficar. Foi em vão. Azevedo deixou-os morando no seu palacete das Laranjeiras, ambos empregados. E, ao voltar, há quatro ou cinco dias, tivera a fatal notícia pelo Octávio. Jorge fugira. Tinham-no visto a conversar com um despenseiro da Royal Mail, no Largo do Paço, uma noite, e pela manhã Jorge não aparecera. Assustado, Octávio julgara a princípio que o irmão seguira como criado de bordo para a Inglaterra, fora à agência da companhia, inquirira, daqui partiram perguntas para todos os pontos, cujo serviço é feito pela companhia e, quando Azevedo chegara, Octávio, tremendo, entregou-lhe uma carta datada de Punta Arenas, na Patagônia. Essa carta era escrita em espanhol e dizia assim: "Encontramos seu irmão, afinal. O pobre rapaz esteve a princípio na Terra do Fogo, veio depois para aqui, e passou fome e frio. Exausto, com o nome trocado, foi ao cônsul inglês, que tem um estabelecimento comercial, e disse ser inglês, filho de inglês com uma brasileira. Chama-se agora Georges Bender e é caixeiro do cônsul. Quando o fomos procurar pediu-nos quase de joelhos que não lhe desvendássemos o segredo. Prefere a miséria, aqui ou no deserto, à opulência aí. Saiba V. Sa. que seu irmão não gosta do Brasil."

Quando acabei de ler a carta, no *fumoir* do meu amigo Azevedo, antigo cônsul da Dinamarca, eu tinha os olhos rasos de água.

— Canalha! Canalha! — bradava o Azevedo como se tivesse sido roubado. — Que achas disso? Vou-lhe mandar a roupa que aqui deixou! Não quero ouvir falar mais nesse malandro!

E, enquanto Azevedo vociferava, eu recordava outros casos dolorosos, outras conclusões fatais da educação de rapazes ricos do meu conhecimento, lembrava meninos fortes, adolescentes, vigorosos, mais estrangeiros na sua terra que os próprios estrangeiros, mais deslocados e frios no próprio lar que numa rua de Londres — produtos glaciais do esnobismo ou da tolice dos pais, que acabam odiando a própria pátria e renegando a família; eu resumia com amargura todos os exemplos desse grande problema da desnacionalização da classe elevada do Brasil, enquanto o Brasil é desnacionalizado pelas grandes correntes imigratórias...

— E diz V. que é preferível morrer a ter filhos? Que dirão então eles, homem de Deus, dos pais — que os puseram no mundo para não lhes dar nem família nem pátria? Que dirão eles dos pais?

Azevedo olhou para mim sem compreender, tomou um cálice de *port wine*, pigarreou, atirou-se no divã:

— Estou a ver que viraste sentimental. Não há problema nenhum. Um bandidozinho abandona a sua terra, a casa de seu pai, e julgas nossa a culpa? Parece até pilhéria. Vais ver entretanto como sou generoso. Mando-lhe a roupa e cem libras para endireitar-lhe a vida. Patife!

E fomos dali ver Mme. Yayá, antiga consulesa, que coitada! apesar do esnobismo de uma vida inteira, e apesar de afastada há muito do filho, tinha os olhos vermelhos de chorar...

Publicada originalmente no jornal *A Notícia*, em 7 de novembro de 1908, e depois como "Um problema", em *Cinematographo: crônicas cariocas.*

A CURA NOVA

— Pois quê! Ainda doente?

— É verdade, meu caro amigo, ainda doente — coisa, aliás, natural porque há muita gente que passa mais tempo em pior estado. Aqui, onde me vês, venho de consultar o 25º médico ilustre. Nunca houve no Rio tanto médico ilustre como agora. É talvez por isso que, com 25 médicos, eu tenha até o presente momento 25 diagnósticos diferentes.

Parece-te extraordinário? A verdade neste mundo é sempre extraordinária. Tantos diagnósticos, pronunciados por 25 cidadãos formados pela mesma escola diante de um corpo examinado pelos mesmos processos, causaram-me uma confusão absoluta.

Tenho as ideias baralhadas, falha-me a fé, o escudo precioso da ignorância... Imagina que eu sou forçado a um dilema: ou esses médicos são umas proeminentes cavalgaduras, ou eu sofro de um mal misterioso como os que atacavam certos senhores feudais no tempo de Gilles de Rais ou de Luís XI. Naturalmente, o meu temperamento, pouco dado a violências e propenso ao mistério, preferirá o mal misterioso, mesmo porque, haja dilema ou não, o fato é que eu estou no meio e que morro deixando de perfeita saúde os 25 facultativos. Se é fatal a morte, morramos de um mal estranho. É muito mais bonito.

— Deixa de dizer tolices. Se ainda estás doente é porque queres. Eu estive pior e salvei-me sem tomar uma droga, graças ao Jerônimo de Albuquerque. Não conheces o Dr. Albuquerque?

— Não.

— O notável Dr. Jerônimo?

— Não, filho, não.

— O Dr. Jerônimo é uma verdadeira sumidade. A base do seu tratamento é dieta, questão de regime contínuo. Eu estou sempre em tratamento. Vês as minhas faces? O sangue torna-as rosadas. Vês a minha língua? Sem saburra. Queres ver os músculos do meu braço? Estávamos na "calçada" do Castelões, às quatro horas da tarde de um dia cheio de sol. Havia um formigamento de gente ao redor da nossa mesa. Como o cavalheiro, com o gesto patenteador, já desabotoava o punho, precipitei-me.

— Acredito, homem, acredito. Mas, dize logo, que regime é esse?

— O mais cômodo possível. Bebo, às oito da manhã, uma xícara de leite convenientemente esterilizado. Às onze como uma asa de frango, assado sem gordura, com duas ou três folhas de alface também esterilizada. Às cinco janto.

— Tu jantas às cinco, sem luz, como os empregados públicos do século passado?

— A higiene, filho, o regime. Mas a essa hora como ainda menos: apenas um pedaço de galinha com pão torrado. E às sete da noite, uma xícara de chá.

— Para desgastar?

— Para desgastar.

— E há quanto tempo vives assim?

— Há um ano.

Apalpei o cavalheiro, ferrei bem os olhos no seu rosto, baixei-lhe a pálpebra inferior a ver se tinha sangue, e, arfando entusiasmado:

— Onde mora o Dr. Jerônimo?

— Rua Direita.

Corri à Rua Direita e mais uma vez, sentado numa cadeira, aturei, repugnado, a promiscuidade dolorosa de uma sala de consultório. Fechados entre as quatro paredes, diante de uma porta que tomava lentidões irritantes para se descerrar, o mundo era para nós, desconhecidos ligados de súbito pelo traço da moléstia, inteiramente outro, e os nossos olhares impacientes perscrutavam os recém-vindos como a dizer-lhes: Também este! Num tom de mofa, de raiva e de vago contentamento. Eu, entretanto, contando os doentes do Dr. Albuquerque, imaginava o prejuízo que os mercados teriam em breve. Adeus conservas, adeus camarões, adeus trufas!

Nesse momento, o notável facultativo, descerrando a porta, murmurou o meu nome, e eu desapareci com ele, sob a ira contida dos consultantes.

— Muito obrigado, doutor.

— Sente-se. Aprecio-o muito.

— Desvanecido. Tamanha honra...

— Deite-se. Vou examiná-lo. A sua moléstia é realmente esquisita. Mas a questão é de regime. Se segui-lo à risca, fica bom. Segui-lo-á?

— Sigo.

— Pois é este. Nada de café, nada de chá, nada de chocolate. Abandone os restaurantes, os molhos, os peixes, as caças e as manteigas. Não me coma nada de latas, de *foie gras*, *bécasses*, salmão, não ingira pimentas. Gosta de vinho? É o veneno. Bordeaux, Sauterne, Bourgogne, Clarette? Tudo isso — veneno.

— E *champagne*?

— *Champagne*? O senhor fala de *champagne*? É a morte.

— Então, doutor, que hei de fazer?

— Durante dois anos, o seu regime será o seguinte: três xícaras de leite por dia, leite de estábulo, esterilizado. Ao almoço e ao jantar, 100 gramas de galinha assada, 50 de pão torrado, com três copos de água — um pela manhã, outro ao meio-dia, outro ao deitar.

— E uma costeleta, um bife?

— E as toxinas, homem de Deus? A carne, quando é de boi — é veneno. Quanto ao carneiro e ao porco são a morte para os artríticos como o senhor. Vá, experimente...

E, majestosamente, estendeu-me a destra.

Nesse mesmo dia comi um pernil de frango com uma torrada tão dura que quase me quebra um dente. No dia seguinte, com dores de estômago, e uma sede de explorador africano em pleno areal, não trabalhei.

Só tinha uma preocupação: a hora da comida, a hora do copo de água. O criado do restaurante, com a macabra filosofia de que são únicos possuidores no mundo os velhos criados de restaurante, sorria da avidez com que eu me atirava ao seco pernil de um frango seco, e ainda mais secamente engolia o copo de água. Uma semana depois, tive um delíquio. Estava pálido, ansiado...

Foi precisamente quando encontrei a veneranda Mme. Teixeira, outrora gordíssima e hoje esgalgada e elegante.

— Que é isso, menino? — fez, maternal, a velha dama. — Assim doente? Qual, a mocidade, a extravagância... Se você tivesse um regime...

— Não me fale nisso, Mme. Teixeira!

— Mas eu sou um exemplo, uma prova, uma trombeta da fama do ilustre Dr. Firmino, essa notabilidade que assombraria mesmo os grandes centros da Europa...

— A senhora pode ser uma trombeta, o Dr. Firmino pode ser uma notabilidade. Eu é que não posso deixar de comer!

— Mas quem fala em não comer? Eu era gorda — gordura artrítica. Sofria de dispepsia, de varizes e de reumatismo. Fui ao Dr. Firmino de Souza, uma glória nacional. E sabe você como estou radicalmente curada? Apenas com o regime!

— Que regime, Mme. Teixeira? — indaguei num suspiro — o suspiro de todo doente, desejoso de rechaçar o mal.

— De manhã, um mingauzinho.

— Sempre melhor que o Dr. Jerônimo.

— Almoço, um copo de água.

— Quê? um copo de água?

Agarrei-me à esquina, para não cair. Mme. Teixeira estava elegante, alegre, sadia, interessante. Era espantoso.

— E ao jantar, às quatro e meia da tarde, uma gema de ovo, uma colher de feijão e outro copo de água filtrada.

No dia seguinte eu acamava com uma febre de 40 graus.

Quarenta graus, precisamente? não sei. O termômetro do Dr. Pereira — não conhecem o Dr. Pereira? o extraordinário médico! — marcava 39 e 8 décimos; o do Dr. José de Vasconcellos — um sábio, um taumaturgo! — 39 e 7 décimos; o do Dr. Everardo Duchner — curso nos hospitais de Viena e Berlim, célebre, que digo? arquicélebre — 40 graus e 2 décimos; o do meu criado de quarto, trazido de Santos, 40 justos. No semidelírio da febre, aceitei o último — refletindo que não tinha segredos para o servo atento, e principalmente porque todas essas sumidades descompunham os termômetros dos colegas, elogiando o próprio.

Mas no leito, requeimado pela febre insidiosa, que só aumentava com as eminentes receitas prescritas para debelá-la, recebendo a cada instante cartões de pessoas que me iam visitar, eu era forçado, pelo hábito bem nacional, pela tirania da intimidade, a receber cheio de agradecimentos os mais camaradas. E cada um, depois de contar a sua ex-moléstia, dava-me um conselho. — Doente assim? Porque não consulta o grande Dr. Duarte? Eu fiquei bom de uma febre apenas com a dieta rigorosa. Três dias comia, três dias jejuava tomando sal de frutas, e, como a semana tem sete dias, ao domingo almoçava, mas não jantava, sistema misto. — Tão mal? É porque quer! Consulte o Dr. Leandro Gomes, um talento extraordinário. Ele é severo. A dieta é tão rigorosa que eu em vinte dias perdi 18 quilos. Mas como me sinto bem, que prazer!

Então eu, que passava com uma xícara de chá e uma torrada, compreendi que a medicina inventara uma nova cura, a cura da fome, cura tão radical que se estenderia aos vermes forçados a só encontrar ossos e peles nos futuros cadáveres... Reagi, fugi dos médicos, subi a montanha a ver se, num hotel em plena floresta, escapava à obsessão fetíchica do doente, que acredita *quand-même*[1] no saber do facultativo. E, estrompado, exausto, reclinado numa *dormeuse*,[2] mandei chamar o dono do hotel.

— Diga-me cá, muitos hóspedes?

---

1 De qualquer maneira.
2 Espreguiçadeira.

— Um bando. Quase todos neurastênicos, campo curioso para a observação de V. Exa.

— A minha observação, deixe-a em paz. Neurastênicos, diz você?

— Mandados pelo Dr. Jerônimo, o célebre...

— Hein? Jerônimo? o célebre? Jerônimo? a nova cura? o regime? a dieta? um copo de leite? nada de manteigas? Volto. Parto amanhã. Prepare a conta. Esse homem...

— Qual regime! O senhor se engana. Com efeito, eles chegam cá munidos de regime.

Ervas, menos repolho, couve, agrião, azedinha, etc... Isto é, ervas menos ervas igual a zero, galinha sem gordura, três xícaras de leite... Mas ao cabo de três dias, o ar puro, o oxigênio da floresta abrem tão violentamente o apetite, que eles comem tudo, devoram, dão-me um trabalho tremendo, ficam bons, afinal, quando não rebentam de indigestão. O cardápio do jantar de hoje é: creme de aspargos.

— Aspargos? Fará mal?

— É excelente. Lagosta com molho picante.

— Que horror!

— Abre o apetite. Carneiro com molho de alcaparras.

— Eu sou artrítico.

— Que tem o artritismo com o carneiro? E um suntuoso assado para concluir, além de queijos, frutas, doces e um excelente curaçau para o café.

Caí na *dormeuse* outra vez. A minha antiga alma renascia, hesitante. Escovei o *smoking* tremendo. Mas sempre cheguei à mesa redonda. O bando das vítimas da cura nova, sem febre e com apetite, recobrava na sopa de aspargos, vorazmente, os jejuns anteriores e forçados. Foi então que revoguei para sempre as curas, adiando por algum tempo o negro final de todos nós — final a que chegam fatalmente, para equidade da vida, as lagostas, os carneiros, os bois, os doentes e também os médicos...

Publicada no livro *Cinematographo: crônicas cariocas* (1909), sem conhecida versão prévia em jornais.

AS OPINIÕES DE UM MOÇO BONITO

O jovem era realmente elegantíssimo. Cada gesto seu indicava o hábito das coisas finas, o talhe do seu *frack*, o corte do seu colarinho, a maneira de pôr a gravata eram para um entendido outras tantas indicações de fornecedores notáveis de Londres e de Paris e de distinção instintiva. Estávamos num desses *clubs* em que se joga e saíamos mesmo da estupidíssima sala do *baccarat*, onde as *cocottes* perdiam dinheiro fácil. O gordo coronel Silvano, fumando um charuto tremendo, interrompeu-me com um jornal na mão.

— Estás a ver mais uma dos moços bonitos?

— Que fizeram?

— Agora comem de graça nos *restaurants*. Que achas?

Eram duas da manhã. Disse-lhe aborrecido:

— Acho uma ação heroica.

E afastei-me, tomei do chapéu. Quase ao mesmo tempo o jovem elegante fez o mesmo, de modo que na rua nos encontramos lado a lado.

— Não faz uma boa noite, disse ele.

— Para um homem civilizado, o bom ou o mau tempo são indiferentes. Perdeu?

— Eu nunca jogo senão o dos outros.

— Ah! É então...

— Sou simplesmente um moço bonito. É a minha profissão. E se me aproximei do senhor foi por ter ouvido a resposta ao coronel Silvano. Esta gente decididamente ignora que aquilo que eles pejorativamente denominam moço bonito — é o ornamento essencial das perfeitas civilizações. E o que é mais: nenhum deles percebe que o nosso atraso não permite senão uma vaga adaptação e reflexos realmente deploráveis.

— Vejo que é inteligente.

— Muito obrigado.

— Quer um charuto?

— Peço desculpa para dizer que só fumo havana.

— Faz muito bem. Este por acaso é bom.

— *Thank*...

Paramos a acender os charutos no lume do seu isqueiro — um isqueiro d'oiro com rubis como agora em Paris lançou a moda o Brulé. E soprando para o ar o fumo claro, eu disse:

— Com que então na infância da arte?

O jovem sorriu.

— Pois claro! Que é um moço bonito? É um rapaz de educação e princípios finos, que detestando o trabalho e não tendo fortuna pessoal, procura, sem escolher meios, conservar boa cama, boa mesa, boas mulheres e mesmo uma roda relativamente boa. A moral é uma invenção reativa. A moral é o vestido de ir às compras da hipocrisia. Se esse moço bonito estivesse na França e tivesse antepassados esperaria um dote fazendo rapaziadas como o visconde de Courpière e o *cadet*,[1] Coudras do Abel Hermant. Como porém está num país que de fidalguia só tem a vontade *snob* de possuí-la, esse rapaz está ameaçado de cadeia, como qualquer gatuno sem inteligência. Os negociantes honrados, todas as classes honradas do país abrem o olho atento com medo dos planos, que em geral não dão grandes resultados. Não acha?

— Perfeitamente.

— Digo-lhe estas coisas porque de fato o julgo acima da moral.

— Estudei um pouco a filosofia de Nietzsche e como o amigo deve saber já o Rémy de Gourmont definiu essa filosofia: a filosofia da montanha.

— Pois na montanha são largos os horizontes. Ainda bem. Ninguém aqui quer compreender que o moço bonito é um ornamento da civilização. O senhor compreenderá. Que é o moço bonito afinal na sua raiz? Parasita. As parasitas só se grudam às árvores em plena força, e não poupam a seiva dos troncos alheios para brilhar na sua beleza. Assim o moço bonito.

— Exato.

— O moço bonito é o *pendant*[2] da *cocotte* de luxo. Com os dois tudo marcha — o próprio Deus.

— Para a cadeia?

— Para o prazer, para a maior movimentação do dinheiro, para a agitação civilizada. Eu parto do princípio que ninguém é honesto, honesto exemplarmente do começo ao fim da vida. Aqui porém onde as *cocottes* ganham tanto e têm tanta consideração, o moço bonito vê-se cercado de hostilidades. Que pode fazer um moço bonito no Rio? Pouquíssimas ações brilhantes e

---

1 O filho mais novo.
2 Correspondente, equivalente.

com muito trabalho. Receber dinheiro de viúvas, fazer-se condutor de paios às casas das *cocottes*, domar violentamente uma senhora que lhe passe o "arame", morder aqui e ali, viver na ânsia do dia seguinte. Imagine que eu precisava de dinheiro agora...

— É uma hipótese?

— Absoluta. Se fosse trabalhador iria amanhã a um prestamista que mo daria com um juro indecentíssimo. Se fosse mendigo, esmolaria. Sendo moço bonito, a simplicidade desaparece. É uma complicação. Ou armo o "grupo" ou arranjo uma cena. Às vezes a cena ou o grupo falham e é preciso inventar outros. Um moço bonito é sempre um gênio de calçada e imagine o senhor um desses pobres rapazes deitando-se pela madrugada sem ter a certeza de fazer a barba e perfumar-se, de almoçar e dar seu giro pelas pensões d'artistas, sem a segurança do colarinho limpo.

— É horrível!

— Um colarinho do Tramlett por lavar!

— Que desastre! Verdade é que há agora os de papel, cujo preço é seis vinténs.

— Conheço; elegância de Buenos Aires, deplorável. Entretanto, meu caro, o moço bonito deita-se e dorme. E na *purée*, absolutamente *sans le sou*,[3] ei-lo a guiar automóveis, a tomar aperitivos, a farejar a Besta Doirada.

— Bonita a imagem.

— É a maneira literária de indicar a vítima. Mas como o meio é limitado, as cadeiras são sempre as mesmas, a roda *chic* irrevogavelmente sem aumento, o moço bonito atira-se ao anônimo, às classes menos desprovidas, e acaba em complicações com a polícia, cujos serviços estavam ao seu dispor dias antes.

---

3 Na miséria, sem um centavo.

Eis por que achei a sua frase sensatíssima. Com a estreiteza do meio, a incompreensão da grande corrente civilizada que exige a *cocotte* e o moço bonito e bem raros são os que não tiveram já pelo menos o desejo rápido de o ser...

— O cavalheiro é profundo.

— Sou um desiludido, e não vivo aqui, vivo em Paris.

— Ah!

— Faço como a maior parte dos moços bonitos que se arriscavam a ir para a Correção aqui. Emigrei para a Cidade Luz. É a única cidade onde o homem é pago para divertir-se. Tenho lá nos Campos Elíseos rés do chão elegante, onde ficam alguns brasileiros ricos.

Como tenho muitas relações nas diversas colônias — a brasileira, a argentina, a egipciana — nos melhores *restaurants* dão-me 20% sobre as despesas dos meus amigos. Quando vou só — como grátis. E isto no Café de Paris, na Abbaye do Albert, em todos os restaurantes da noite. As *cocottes*, para lhes arranjar bons *michés* transatlânticos, estão nos meus braços pelo mesmo preço dos pratos dos *restaurants*. Uma casa de automóveis fez-me presente de um excelente auto com o competente motorista para *aguicher*[4] os meus amigos, rastaqueros ricos doidos pelo automobilismo. Os fornecedores vestem-me como comissão da freguesia que lhes levo. Os meus amigos são loucos por mim e deixam-se sangrar. De modo que eu vivo docemente, e até às vezes viajando, em passeios pela Rivera, em excursões automobilísticas à Itália, em voos rápidos a Londres, onde sempre vou para o Savoy... Não se admire. Nestas condições há uma dúzia de jovens brasileiros em Paris. Nem todos

---

4 Provocar, arreliar.

estão na alta, mas os que não vão a Abbaye vão ao Royal e passam muitíssimo melhor do que aqui...

— Quando parte?

— Estou à espera de um negociante de gado argentino, com o qual vou para o Egito. Somos ele, eu e a Blondinette.

— Amante dos dois...

— Dele...

— Creia que é um belo rapaz.

— Faço o possível para *rançonner*[5] o burguês com certa linha. Aqui isso seria material e moralmente impossível.

— Nós estamos num atraso medonho!

— É o que eu digo!

— Em que *bond* vai?

— Vou a pé.

— Pois prazer em cumprimentá-lo.

— E lá estamos ao dispor, em Paris. Naquele divino trecho dos Campos Elíseos.

É sempre melhor que a Avenida, onde se discute e se fala nos jornais de alguns civilizados que jantam grátis contra a vontade dos famigerados hoteleiros.

E seguiu a pé, elegantemente pela Rua da Glória, caminho da Civilização — de que é um ornamento do capitel.

———————▼———————

Publicada originalmente no jornal *A Notícia*, em 12 de setembro de 1909.

---

5 Explorar, achacar.

SER SNOB

Não há dúvida. A maioria da sociedade atravessa agora uma crise nervosa que se pode denominar a nevrose do esnobismo. É nas gazetas, é nos salões, é nas ruas: — a moléstia invade tudo. Não há lar por mais modesto, não há sujeito por mais simples, que não se sintam presos do mal esquisito de ser *snob*, e o esnobismo é tanto a modéstia do galarim da moda, que uma porção de cidadãos graves já com afinco e solenidade resolveu fazer-lhe oposição. O esnobismo é como a neurastenia, é pior porque as altitudes e o repouso só conseguem desenvolvê-lo; o esnobismo é o mal que se sofre, mas cuja origem se ignora e cuja marcha não se sabe onde vai parar.

Que vem a ser *snob* em terras cariocas? O *snob* do Rio é um homem que algaravia uma língua marchetada de palavras estrangeiras, fala com grande conhecimento da Europa, da vida elegante da Riviera, das *croisières* em *yachts* pelos mares do Norte, dos hotéis e da depravação do Cairo e de outras cidades oftálmicas do Egito, aonde é moda ir agora; o *snob* nacional é o tipo que procura vestir bem e ser amável — é afinal um reflexo interessante e simpático do *snob* universal, com a qualidade superior de ter pouco dinheiro.

Foi a imprensa que acertou de fazê-lo assim, porque foram os jornalistas que tiveram a ideia de inventar os *five o'clocks*, de chamar algumas senhoras belas de *leading-beauties*, de arranjar *gentlemen set* e de ver tudo *up-to-date* entre senhoras que, mesmo de vestido de chitinha, usam *tea-gowns*, servem o *samovar* e jogam o *bridge*, fomos nós que, munidos de quatro ou cinco magazines mundanos da América e da Europa, disparamos a fazer a fusão das línguas em nome da Elegância.

Esta tensão jornalística logo após a abertura das avenidas e da entrada dos automóveis foi como o rastilho para a explosão da bomba. Hoje os jornalistas são as vítimas dessa nevrose do *chic*.

A corrente era aliás inevitável. Os pequenos fatos são sempre a origem dos pequenos acontecimentos. O esnobismo começou pelos cardápios. Há muitos anos o prato nacional só era permitido em jantares familiares; há dez anos com *menus* à francesa, os cozinheiros tentam extinguir a velharia incômoda do peru *à la brésilienne* por um prato d'ave em que haja trufas; as estrangeiras trufas.

Há quem me pergunte se é difícil ser *snob*. Nada mais fácil, ao contrário. Basta executar simplesmente algumas coisas simples. Assim, o *snob* que se preza deve:

— Ir a todos os *five o'clocks* e citar depressa todos os nomes, na ponta da língua, das senhoras que dão recepções.

— Jogar o *bridge* com as damas, o *pocker* com os homens e falar seriamente dos *law-tennis*, do *polo* e do *foot-ball*.

— Não ter absolutamente senão a opinião do interlocutor. O homem é pelo imposto ouro? Elogia-se o imposto. O homem é contra? Ataca-se! As discussões são animadíssimas neste caso e basta, ao iniciar uma palestra, indagar: que tal acha você tal coisa?

— Ter uma conta grande no alfaiate e na modista.

— Não faltar a uma primeira, mesmo arranjando o bilhete de borla para mostrar o seu tipo bem vestido e correto pelo menos durante um ato.

— Frequentar, pelo menos uma vez por mês, um mau lugar onde haja damas formosas, que nos sorriam depois em sociedade. Dá um certo tom, dá vários tons mesmo: a palestra nos corredores do Municipal aos credores que nos julgam cheios de dinheiros, aos alvares que nos tomam por gozadores *blasés*.

— Gostar muito da *Bohemia* e da *Tosca*, as duas sensacionais operetas do maestro Puccini, e ler o *Modo de estar em sociedade*, dos autores cotados, mais as leis do Mayrink.

— Falar só das pessoas em evidência, dos gênios com a marca registrada. A admiração, neste caso, pode até ser tresvariada. Exemplo: Oh! a Ema Pola é um assombro. Aquela mulher faz-me compreender o impossível. Ou então: D'Annunzio? Se o conheço? Que estilo! As suas palavras são tão belas que tenho vontade de comê-las!

— Elogiar sempre as mulheres, indistintamente, fazer a corte fatalmente a todas, pasmar diante de cada *toilette*, de cada bolo da dona da casa, acariciar o totó da mesma, ser um só incenso, ser louvor da cabeça aos pés para com aquela que nos ouve e um tanto irônico para aquela de quem se fala, principalmente quando não há muita simpatia por parte da primeira, o que quase sempre é certo.

Com essas qualidades, que não são de difícil assimilação, todo homem é um *snob*, um sujeito *chic*, destinado à simpatia geral.

Parece fácil? Pois, apesar disso, os *snobs* parecem Petards e cada vez é mais raro, segundo Rafael Mayrink, portar-se em sociedade ou chegar a fazer parte dela — o que enfuria todos os palermas negroides e jornalistiqueiros do vasto Rio!

Publicada originalmente na coluna "Pall-Mall-Rio", do jornal *O Paiz*, em 26 de agosto de 1916. Assinada com o pseudônimo José Antônio José.

AMORES E NEVROSES

IMPOTÊNCIA _____ 156
ÓDIO (PÁGINAS DE UM DIÁRIO) _____ 170
DENTRO DA NOITE _____ 182
O AMOR DE JOÃO _____ 192
A MOLÉSTIA DO CIÚME _____ 198
A HONESTIDADE DE ETELVINA, AMANTE... ____ 204

IMPOTÊNCIA

Então Gustavo Nogueira, deixando cair o jornal, pôs-se a pensar, de ventre para o ar, braços abertos, olhando fixamente a vidraçaria rosa das janelas. Passara uma boa parte da vida assim, deitado no divã de damasco rosa, empolgado pela quentura que entorpecia toda a sua virilidade, sem ideias e sem trabalhos. Aos 70 anos, raquitizado, com o corpo deplorável de velho, os olhos embaciados, as pálpebras inchadas, sofria do desespero de ter perdido a existência, de não ter vivido. Ao cérebro vinha-lhe constante a interrogação da sua dor e ele, como todos os dias, levava a rememorar a vida para saber que não vivera, que não fizera absolutamente nada. E fora sempre o mesmo infeliz desde que nascera, sem força, sem vitalidade para obrar, chorando para comer e guardando os brinquedos másculos, para os não quebrar.

A dor da recordação já lhe vinha ao cérebro desocupado, sistematizado, ao começar da indisposição de criança à angústia do homem velho, e ele, sem poder apagá-la, sofria duplamente da ressureição da vida cheia de nada, e da tortura da ideia fixa.

O pai aos 7 anos atirara-o como pensionista num colégio aristocrata e agora no divã ainda se lembrava da última noite que passara em casa, soluçando a perda da mamãe que o beijava tanto e mordendo o lençol para que não o ouvissem e não lhe perguntassem por que chorava. — Havia tanto tempo já! De manhã, à hora da partida, a mãe gritara, agarrando-o, e ele, com o desejo do consolá-la, sentiu-se de repente fraco, sem coragem, invadido de um medo, de um terror vago do desconhecido, preso da preguiça do fazer. Naquele momento, vendo sua mãe a gritar, sentira como um desalento, uma brusca relaxação de nervos, que o fizera gozar, com o prazer de egoístas, os traços de dor e as lágrimas daquela que chorava por si. Depois no colégio, um casarão enorme, de janelas gradeadas e portas baixas, um homem muito alto recebera-o pomposamente gritando: Gustavo Nogueira! com um ar de comandante de soldados. Fora a primeira vez na vida que tivera a noção clara do seu eu.

Era Gustavo Nogueira e durante setenta anos não fora mais que Gustavo Nogueira, um elemento, um objeto, que se denomina pela necessidade de diferençar; Gustavo Nogueira toda a vida porque não agira, não fizera absolutamente nada.

O colégio, acordando de madrugada com a regularidade do banho por turmas, de calção de meia e minutos contados, aguilhoava-lhe a preguiça como o ferrão de um carreiro no cachaço de um boi — fazia-o fazer. Vivia a correr tendo logo depois do banho a aula do ilustre padre Osório, que chegava atrasado e punha o cronômetro de ouro à vista na mesa, para abalar às dez em ponto, às vezes no meio de uma preleção magnífica cheia de hipérboles violentas e trescalidades de capela. A recordação do padre Osório intensivou-se no seu desocupado cérebro onde os professores apareciam ilustremente.

Voltou-se sentindo a coluna espinhal doer junto ao cóccix. Era de estar tanto tempo deitado.

Levantou-se penosamente, enfiou os pés numas chinelas de veludo e, amarrando os cordões do chambre, pôs-se a andar pelo salão todo atapetado de rosa pálido, com grandes rosas vermelhas.

Padre Osório enfuriara-se um dia, vendo-o a dormir diante de uma sábia explicação teológica. Era moço naquele tempo; hoje aos 70 anos levava deitado, ruminando seu não ser. As recordações do colégio apressaram-se e em tropel os lentes continuaram de passar só interrompidos pelos intervalos do refeitório onde vagamente se desenrolavam caras; toda aquela gente estava morta, estava no irremediável, exausta de vitalidade.

Ele ficara.

Tremendo, abriu as cortinas de filó d'oiro sobre um fundo de damasco rosa seco. Lá fora fazia calor. O sol abambulante estreava o éter de luz que se irradiava firmamento acima num imponderável polvilho de escarlata. As árvores imóveis tinham mentalidades d'aço e na areia das aleias coriscavam por instantes reflexos curtos do sol.

Ouvia-se no grande espaço calmo o estridular acre das cigarras. Ficou-se ali.

Um dia foram-no buscar e, quando chegou à casa, vestido de preto, seu pai de barba feita, frio e correto disse, como quem ordena: sua mãe morreu, Gustavo.

E como ele sentindo de repente um grande vácuo em torno perguntasse quase a chorar se era mesmo verdade, o pai carrancudo, limpando o suor dos dedos finos, limitou-se a dizer — Sr. meu filho, eu não minto. Foi tudo.

Correra ao quarto da morta onde, ao redor do caixão aberto, as amigas e as criadas pausadamente choravam. A vacilação dos círios, o cheiro de cera e flor amassada fizeram-no dar um grito e logo o choro estrondeou. Lembrava-se ainda de uma voz dizendo na balbúrdia: — E ela que até a morte não se esquecia do seu anjo querido!

— Do seu anjo querido! Como era boa a mãe.

Ficara num sofá, não compreendendo a morte, tapando o rosto com as mãos, sem poder chorar. Uma agonia prendia-lhe a garganta e sentia como o diafragma contraindo-se. Não chorar parecia-lhe uma ingratidão inqualificável para com aquela que o amava tanto, mas os esforços infrutificavam-se e ele esticava-se todo, retesando os músculos, na cólera de não poder. Não chorou. Nem mesmo chorar podia.

Então, enojado, Gustavo fechou as cortinas e, como se o ar de fora viesse desentorpecer perfumes, desprendia-se das telas, das paredes, dos vasos um cheiro penetrante e acre de rosa.

A cigarra repentinamente cessara e só agora no grande silêncio da tarde uma campainha retinia.

Não fora mais ao colégio, ficando em casa a preparar-se para a Academia e, na vida doméstica calma e livre, a carne acendera-se na brutalidade do desejo, com saudades pelas horas de recreio onde rapazes de 18 anos jogavam o soco desabridamente e tinham delicadezas especiais para consigo, brincando com os seus cabelos crespos e chamando-o, como fazia o Jerônimo, de nosso Gustavo. Pobre Jerônimo! Sempre que se permitia brincar com o seu lindo buço, saía incomodado, dizendo que se sentia mal.

Aquela lembrança prostrou-o, atirou-o de braços no divã, as têmporas batendo, impotente para refrear o curso das mais tortuosas recordações. Em casa; noutro tempo a ideia trazia-o queimado de desejos, a carne a pulsar; hoje, fazia-lhe mal, como um pedaço de qualquer cousa atravancando a parte frontal dos hemisférios do cérebro. Outrora um pedaço de saia causava-lhe nevroses, o cheiro dos criados estonteava-o, dera até para enfeitar-se, ajustando a calça, penteando delicadamente os cabelos, polvilhando o rosto de pó de arroz.

Passeava pelas alamedas da chácara à tarde e apaixonara-se repentinamente pelo jardineiro forte e musculoso, mas o pobre homem respondia às intimidadas e às historietas livres com sorrisos e monossílabos respeitosos.

No leito, ele, atacado de dispneia nervosa, os olhos fixos no escuro e ouvindo em torno o sangue vibrar, fazia projetos de chamar o animal do jardineiro e surgir-lhe promissor na indiferença da mudez; mas noutro dia, fatalmente, infalivelmente, o medo reempolgava-o, trazendo-lhe ao sonho gigantes que lhe roubavam beijos com força e violência.

Um dia pasmou ao revistar o corpo, para uns fios de barba que nasciam na parte superior das tíbias; voltou-se e viu na coxa outro fio ainda mais longo e como continuasse lobrigou aterrado, no fundo da pele, os bulbos anunciadores de fios futuros.

Por que se aterrou pela sensação animal instintivamente estremecendo à nova fase da vida? Desacoroçoado deitara-se e passara o dia dormindo, na impotência do fato realizado.

Dera para andar atrás das criadas submisso e dedicado, mas dês que uma ocasião se oferecia para satisfazer o desejo, um terror vago forçava-o a fugir, o medo empolgava-o. Quando uma vez a lavadeira agarrava-o no tanque pedindo para tomar banho, sentira a negação moral bradar tão alto que, apesar de fisicamente agitado, fugia a gritar negativas.

Não tivera jeito para a cousa.

Voltou-se no divã de ventre para cima mastigando a palavra. Não ter jeito para a cousa! E nunca tivera, e nunca amara, e nunca sentira na face a sucção forte dos beiços de um homem ou a avidez cheirosa dos lábios de uma mulher.

Era casto, era virgem aos 70 anos, não que fizesse isto sistematicamente com o desejo de abstenção física para a superabundância vital do cérebro, não que o impulsionasse uma moral errônea — nunca tivera moral! —, mas pura e simplesmente pela fatalidade do seu temperamento, pelo estigma intenso do seu não ser, da impotência que o manietava e que o torturava.

Era o desespero calmo, o ódio de todas as cousas porque ninguém desconfiava dessa agonia em que passara toda a vida, ninguém lho perguntava para pelo menos ter a satisfação de bradar por que não fazia.

Casto! Teve um riso de amargura, um riso de loucura e deu, de repente, com o espelho ao fundo que refletia o salão numa apoteose rosa e onde ele aparecia grotesco, de roupas, pequenino, rindo.

O espelho retratou-lhe os dolorosos passos e, juntinho ao vidro, ele pôs-se a observar os sulcos e os destroços que a castidade deixara.

Os cabelos de outrora anelados e finos agonizavam em farripas raras e duras; a face que estuara sangue, veludosamente delicada, estava mole e embaciada com a flacidez das coisas muito usadas e coberta de uma barba grossa, espessa, dura, intolerável, verdadeiramente intolerável. Um desfalecimento lhe veio.

Pôs-se a passear pelo salão lembrando-se do tempo de Academia e dos estudantes moços e fortes que discutiam as reformas nas cervejarias com punhadas de fazer tilintar os copos.

Fora o Euzébio de Mello a sua amizade, com toda a pujança intelectual, entusiasta e gritador, que arrastava consigo o grupo revolucionário da escola e à noite, batendo a calçada conquistadoramente, querendo conquistar sem saber o que, acabava bebericando nos botequins duvidosos. Apresentados, Euzébio dispensara-lhe logo larga proteção e desde ali ele percebeu a sua impotência mental, que o deixava frio diante das superioridades intelectuais.

Quando Euzébio, endireitando as lunetas d'ouro, mostrava as contradições filosóficas de Newton, ou esbravejava, defendendo Lamarck, ficava quieto a ouvi-lo.

O outro de repente parava, abria os braços sem cansaço, emborcava o copo, bradava de novo, incessante como uma cascata de cristal cimbalando a sonoridade da queda numa chapa d'aço.

Interrompia-se, perguntava: — não achas, Gustavo? e ele absolutamente nada entusiasmado respondia: — Pois não. Era imbecil, reconhecia-se pequeno, e chegara ao terceiro ano sem saber por que, sem mesmo abrir livro. Quando entrara um dia em casa, disseram-lhe que o pai morrera. Sossegadamente foi vê-lo, beijou o cadáver, apressou o enterro e, vestido de preto, recebeu os pêsames. Ao voltar do cemitério dormiu. Oh! como toda a vida e agora ali amaldiçoava aquele velho frio e mau que nunca o beijara e que o deixava rico! Como sentia que a falta, a necessidade seria a salvação da vida, na agonia de setenta anos carcomidos, estragados de não ter feito nada, absolutamente nada. Euzébio apresentara noutro dia seus planos de viver elegante; não se opusera, deixando vender o casarão e entregando-se aos fornecedores. O outro entendera gravemente que se devia fazer uma casa em forma de templo grego com colunas coríntias de mármore rosa encimadas de capitéis irisados de *baccarat* vermelho, mas diante da despesa chamaram um mestre d'obras que lhes arranjara aquela casa de um barroquismo chato. Em vista de não poder fazer uma casa rosa, Euzébio inventou uma biblioteca e, como acreditava que a vida do poeta é o sonho e a imaterialidade, insistiu para que fosse toda rosa. Ele achara idiota a persistência de uma só cor, mas à ideia de que o amigo o abandonasse, consentiu em fazer a sepultura da sua dor, o túmulo da sua agonia, intensamente rosa, enervadoramente rosa.

Deu dous passos no ar privado do salão.

Do teto onde brincavam pimpolhos, descia numa explosão de rosas um lustre de porcelana desmaiadamente listrada d'ou-ro. As telas emolduradas ricamente davam um tom vibrante e vívido às altas paredes e as estantes grossas e os bronzes orientais retalhavam o fescenino com a seriedade ponderada do saber e da antiguidade.

Tinha vindo para ali aos 26 anos, moço, com vida, e quando se esticara pela primeira vez no divã fora com o arrepio da volúpia de quem espera alguém, o amor misterioso e desconhecido que desejaria toda a vida.

Todo homem moço e rico, lera-o nos romances, recebia em gabinetes idênticos senhoras casadas, trêmulas de adultério, que iam a ouvir palavras de amor, satisfazendo a carne misteriosamente que nunca as recebera. Nunca! Nunca! vivem eternamente com a percepção clara de que não vivia. Ficou um tempo olhando a estátua de Frineia, nua, segurando os seios. Há quanto tempo estaria aquele pedaço de mármore ali? O espírito momentaneamente perdeu a noção de tempo e à reação da vontade uma dor aguda bateu dentro do frontal direito. Agora só com insistência a recordação da mocidade era forte na monotonia rosa da biblioteca. Cenas de muitos anos passados voltavam com a clareza de fatos do dia anterior, a vida para ele tinha sido uma sem altos nem baixos e agora, quase a morrer, podia ver todo o plano desolado onde se arrastaria o verme do seu corpo.

Depois de velho, na ociosidade, a ideia da individualidade apunhalava-o dolorosamente na carne e no espírito. O sono, que sempre fora o calmante dos seus esforços de contentamento como de tristeza, tornou-se mais um martírio. A vida subjetiva sucedia a objetiva sem interrupções, continuamente, com as mesmas dores, com as mesmas recordações. Uma outra pessoa falava-lhe no crânio, como se tocasse lá dentro, nos nervos auditivos, e tal era o choque que fora, fora do seu ouvido, havia um barulho forte de pratos. Era esse o seu eterno companheiro, o único que não o abandonara enfastiado da sua ignomínia. Foliava a princípio de coisas banais. "Há muito que não jantas cedo. Os bordados do seu divã estão estragados?" Em sono não se podia impedir de conversar: "Estão?" — perguntava com receio de negar ou de afirmar e em pouco o eu interior desprendia-se de si, concretizava-se à parte com formas tremendas de escárnio ou justiça, inflexíveis, chicoteando, vergalhando, atirando-lhe ao rosto toda a negação. Tu não vives! — bradava uma voz num céu todo rosa, riscado de prata, de fosfenos rápidos. Acordava extenuado, ia beber água na janela e ficava a ver o luar escorrer pela telharia da cidade. Que se havia de fazer!

O sono, que em criança fora o seu único bem-estar, agitava-se agora, bordonava-lhe nas têmporas. E o caso era que, na ociosidade, a obsessão de sua vida tornava-se agudíssima e, acostumado, já ele tinha percepções físicas para perscrutar todas as fases da sua extraordinária moléstia, da moléstia do nada.

Chegara mesmo a perguntar a Euzébio o meio de a gente acabar com as ideias fixas.

— Quando a ideia é forte, passeios, quando é criançada, distrações.

Imaginou grandes passeios, cavalgadas, para acabar com as alucinações à custa de esforços físicos, mas no momento desfalecimentos lhe vinham, não tinha coragem do abandonar o divã. Um dia viera-lhe a ideia que todo seu mal era a virgindade serôdia, e calmamente na qualidade de homem rico arquitetara um grande deboche, nas regras em que toda a gente se debocha há séculos, sabendo de antemão tudo quanto é de praxe.

Para que os seus desfalecimentos não o impotentassem, comunicou jantando a Euzébio que pretendia dar uma ceia. Este, interiormente satisfeito, verberou a devassidão, falou da Grécia, onde as bacantes bêbedas deixavam-se gozar em peles de panteras indo de Atenas a Eulésia, respirando o cheiro enervante das violetas em flor.

Afinal acedeu com a condição do não ser em casa, para não escandalizar a vizinhança, burgueses cheios de aparências.

Depois, emborcando copos do Chablis, chamou muito seriamente a perversão do homem, os mistérios de Afrodite; citou Menipo e acabou paradoxando a virgindade como necessária à força mental.

Deu exemplos de grandes filósofos. Entretanto no nosso século isto seria impossível e eis por que eles eram devassos.

Devasso! abriu os braços preguiçosamente fazendo estalar as juntas. Devasso! Ficara entendido, Euzébio conhecia a Malhary, uma velha de 50 anos gastos pelos excessos, que podia oferecer a ceia, com a condição restrita de lha pagarem. Convidavam-se os antigos colegas, umas mulheres bonitas que a Malhary escolhesse e estava feito. No dia marcado ainda jantava quando Euzébio apareceu de casaca, muito nervoso dizendo que o carro esperava.

Acabou de comer sossegado, olhando o outro que quase não podia deglutir; vestiu-se devagar, pensando em cousas diferentes, e quando no carro o poeta Mello confessou o seu prazer, pasmou que um homem dito superior e erudito se emocionasse com uma ceia vil de meretrizes.

Na casa da Malhary, as mulheres decotadas, de gargantilhas de brilhantes, conversavam muito gravemente a respeito do calor e um mocinho abanava-se com o *clac*, exclamando como para esconder a emoção — Malhary, pintada, recebeu-os à porta do salão e a apresentação foi corretíssima. As senhoras curvaram a cabeça com um gesto muito elegante. Ele, logo à vontade, estava impassível, porque incapaz de ódio ou de amor, a indignidade não o indignava.

O assunto do calor esgotado, aquelas senhoras fatalmente caíram nas dificuldades da vida, falando da carestia. Depois fez-se um silêncio e, como Euzébio pretendera um ponche com exclamações inconvenientes, recebeu uma reprimenda de madame Malhary, que não queria escândalos na sua casa. Entretanto, em chegando a ceia, sem factícia alegria manifestou-se. Os criados gravemente diziam o cardápio em francês. Diante de si uma porção do copos e, cada vez que um prato era servido, um vinho novo escorria. Ele estava muito a gosto, rira mesmo quando *mademoiselle* Berthe, já bebida, dera para fazer de cachorrinho guloso, lambendo os pratos. Rira como toda a gente, sentindo o seu eu digno incapaz de energia, e quando Malhary, muito amável, voltou-se, deixando-lhe a mão no regaço, para ralhar totó, ele viu que a dentadura era postiça e as sobrancelhas aumentadas a rolha.

Mas queria se debochar, queria perder a castidade serôdia dos seus 30 anos e por mais que se excitasse estava impassível de corpo como de alma. Quando o deboche clássico chegou ao auge, e toda a gente se julgava, excitada facticidiamente, alucinada, ele calmo, sem palpitações apressadas, sem mesmo as dispneias nervosas que o atacavam em criança, sentindo que devia ser ali, forçar o organismo, mas em pouco tempo perdeu a cabeça, porque a repulsão, como a atração genésica em si, demonstrava-se impotentemente fraca e passiva.

Desculpara-se com a Malhary dizendo estar doente, mas logo depois sentiu tê-lo dito, desejando uma violação — Ah! se algum dia tivesse confessado a alguém o segredo que o matava! Seria a felicidade, porque certamente o forçariam, seria a felicidade! Aquilo fora aos 30 anos. Quantas vezes, desesperado, sonhara acabar com a vida, cortando uma artéria? Ficava longamente de navalha em punho, meditando. Era preciso acabar! Era preciso acabar.

Escolhia lugares, tateando a carótida. Seria bonito — um jato vermelho e a vida acabada.

Mas a coragem de morrer falecia e a inteligência voltava incessante a rememorar a infelicidade, a tortura, porque a todo o instante, a todo o momento, intolerável e necessário como o pulsar do sangue e a ideia eterna do seu nada batia-lhe no crânio.

E vivera setenta anos, hipostênico afinal, arrastando-se nos sofás! Às vezes abria uma estante, folheava livros, lia, mas, se encontrava analogia mesmo vaga com seu estado, largava-o, punha-se a pensar. Tinha até preguiça de vestir e andava em roupão olhando o céu, da janela do gabinete. Euzébio vezes havia em que ficava toda a noite tomando curaçau e falando da Alemanha medieval e essas eram as suas horas mais felizes porque sentia-se menos inferior vendo o outro, já velho, sempre cheio de projetos e de reformas, ir-se tornando aos poucos um infeliz vencido, que iludia com a sonoridade dos palavrões a dor tremenda, de soluços de não ter feito nada. Euzébio morrera, no

inverno, de pneumonia dupla e ele, que sentira o desapareci-
mento daquele barulho, constatou vagamente que a biblioteca
cheia de harmonia, soluçando versos, vergastando ruínas de
todos os cantos, ia-se calando. Os versos deixavam um a um o
ninho como as andorinhas emigrando da neve. Aquela comparação piegas fê-lo sorrir. Fora sempre um tanto romântico na
tenacidade inclemente da dor. E tinha 70 anos! Lembrou-se de
fazer qualquer cousa de ruim, acordar à noite, degolar os criados
e, depois de deitar fogo na casa, ir esperar a morte na escada de
mármore com um ramo de violetas na mão. Os criminosos agem,
os criminosos fazem alguma cousa além de ser a compensação
real do bom: — vivem, dão pasto aos instintos, sentem.

Ele, impotentado pela fatalidade do seu temperamento, só
sentia a dor, a dor inenarrável de não poder sentir. Que seria
dele? Que seria dele? Deu dous passos absorto.

Ser devasso era mais fácil, atirar dinheiro pelas portas, ilu-
minar a casa na pompa dos deboches estabelecidos e depois um
dia, sem vintém, tomar ácido prússico lendo o artigo das gazetas
que o elogiassem, sentir que vivia, sentir que fazia alguma cousa!

Achou-se de novo diante da janela. As cortinas de filó d'oiro
desciam no fundo de damasco rosa seco, largas, fartas, quebran-
diças, como o velário de um tabernáculo. Um amor corria a um
canto, sob uma revoada de pombas, a cabeleira triunfalmente
coroada de rosas. Quanto tempo viveria ainda? quanto tempo
sentiria o valor da vida debatendo-se no vazio com gestos
descompassados de agonizante, ele que tinha todos os instintos
das sensações egoístas, todas as sensações altruístas! Quanto
tempo ainda a incompreensão manietá-lo-ia no momento da
revelação, pobre ser sem vida, que sentia poder sentir e que
não sentia.

Quanto tempo ainda, todos os dias, a todos os momentos, rezaria como um réquiem à vida que era maquinal nele e transbordante de seiva, nos outros homens, no mundo inteiro, tendo a esfrangalhar-lhe os miolos a obsessão furiosa que estonteava a sua pobre cabeça de virgem por impotência, ignorante por impotência, sofredor por impotência, morto por impotência! Sentiu na garganta como os tentáculos de um polvo, o diafragma contraindo-se, e na suprema angústia de não poder acabar, voltando-se a uma pontuada forte no cóccix, ele teve pela primeira vez a noção clara do além, atulhado de terra e fervilhando de vermes.

Morto seria, como vivo, esquecido. E a impotência que o manietava em vida havia de o prender regelado às tábuas de um caixão.

Abriu as cortinas, apertou como louco as têmporas — Que dor! Que dor! e ansioso, dispnético, pôs-se a olhar no balcão de mármore rosa o céu muito azul, infinitamente azul, na inconsolabilidade azul do insondável.

Uma estrela no alto pulsava como um pedaço de artéria.

Publicado originalmente no jornal *Cidade do Rio*, em 16 de agosto de 1899. Esse conto marca a estreia de João do Rio — ainda assinando Paulo Barreto — na ficção.

ÓDIO (PÁGINAS DE UM DIÁRIO)

Eu era criança, quando à porta de casa uns amigos mostraram-mo e, desde logo, ao dar com aquela cara safada e falsa, senti o ódio, o ódio eterno que havia de perdurar por toda a vida. Seu nome — Felisbrino dos Santos — era para mim uma obsessão. Pequeno, linfático, oleando muito a cabeleira negra, quando o via passar para o colégio, grave, com um ar de velho, tinha vontade de bater-lhe, de sová-lo, de esbofeteá-lo.

Odiava-o.

Entretanto um dia falamo-nos. Estava a brincar no jardim e, a um impulso mais forte, a bola atravessou o muro, foi cair no quintal de sua casa. Corri ao portão e já o encontrei com a sua cabeleira oleada, o seu ar grave de velho, os lábios finos e descorados. Atirei-me à bola, pronto para brigar, a satisfazer meu desejo, a esbofeteá-lo, e ouvi que dizia viscosamente entre os lábios falsos a sorrir: "Já lha ia levar. Como está suado!!!".

Não lhe agradeci. Arrebatei a bola, abalei danado pelo jardim, com o coração a transbordar.

Aquela vozinha soava agora serpentescamente onde me achasse. Como está suado! Todo eu tremia. Teria sido interesse? Interesse! Fora troça, fora risada! A calma, o cabelo empastelado, o ar grave de velho ridicularizavam a minha bola e os meus brinquedos. Como está suado! Devia tê-lo esbofeteado imediatamente. Mas por quê? Por quê?

Não me fizera nada de mal, nunca me olhara senão a sorrir, era da mesma idade que eu, era criança, vivia numa casa junto à minha, muito agradável... Por que esbofeteá-lo?

Não sei, não sei. Mas odiava-o, odiava-o instintivamente, sem saber as razões, num ódio feroz, um ódio bárbaro pelo seu cabelo, pelo seu ar de velho, pelos seus lábios, num ódio da sorte que o fazia meu igual!

Um dia, meu pai preveniu-me da minha partida na primeira segunda-feira do mês próximo, para um colégio qualquer. Como eu o interrogasse, disse secamente, na cadeira de balanço, embrulhado em mantas e a escarrar: "Saiba que vai para as Laranjeiras e só voltará de mês em mês. Pensionista".

Invadiu-me uma grande tristeza. O colégio aparecia como um monstro antigo devorando, devorando tranquilamente caracteres bons e almas dignas. À mesa, entre a gargalhada de minhas irmãs, olhando a doçura de minha mãe e a carranca de meu pai, previa o regelo daquela outra mesa, que lá me esperava para crucificar a minha alegria e o meu apetite. E quando, como de costume, já deitado, senti a pobre mãe, que vinha a espreitar-me o sono, desatei a chorar perdidamente, loucamente, aquele aconchego todo de que me arrancavam para atirar-me a um dormitório frio e mudo, onde aos montões dormiam corações, prostibulando-se num contato torpe de quartel.

Em casa, nesses primeiros dias, que eram do frio e desolado agosto, enquanto a minha tristeza aumentava, nos tons amassados de lírio dos ocasos, nas manhãs tardias, que vinham entre névoas, dando à cidade um manto ideal de cristal imponderável, minha mãe, mudamente, vendo o pai a passear com o gorro de veludo enterrado até as orelhas, trabalhava no enxoval.

Uma vez só que cheguei à janela, dei com Felisbrino, que assobiava um fandango, muito contente, trepado em um banco, a soltar um papagaio de papel.

— Como vais tu?

Olhei-o, louco de raiva, subitamente trêmulo de cólera, ansiado.

— Nunca lhe dei confiança para me tratar por tu. Quebro-lhe a cara, ouviu? ouviu?

Ele riu, muito calmo.

— Mas que é isso?

Nervoso, como um insulto, fechei a janela com estrépito, sentindo ainda a sua agressiva gargalhada, chorando, e pus a espiá-lo pela veneziana, num desespero de vê-lo, de senti-lo vivo, para podê-lo esmagar. Do outro lado, despreocupado, ele soltava o seu papagaio de papel.

Há certos temperamentos que se repulsam e que entretanto vivem eternamente juntos, sentindo o mesmo ódio, a mesma raiva contida. Eu tinha a certeza: ele odiava-me, odiava-me terrivelmente, com vontade de ser íntimo, de saber quem eu era, de me apertar, e por trás da persiana, enquanto a reflexão dizia à puerilidade dos meus insultos a razão infundada dessas grosserias de doido, eu odiava-o, odiava-o porque ele ria quando eu estava triste, porque era calmo quando o ofendia, porque era ele — Deus do céu! — porque era ele.

Se me perguntassem a razão dessa teimosia d'alma, eu abriria os braços, sem compreendê-la, porque era uma força superior a todo o ser que me impelia, que me forçava.

Ah! não poder a gente explicar o mistério da alma humana, dar a razão por que rostos há que fazem amigos e caras que só fazem inimigos, por que, acordando a gente alegre com o sol de oiro, fica de repente contrariado, olhando para o céu, onde da mesma forma brilha o sol de oiro! Ah! não poder o homem dizer alto a razão do seu amor, a razão do seu ódio, todo o misterioso reflexo da sensação!

No colégio, um velho casarão cercado de árvores bem tratadas e grandes, por onde passava a gritar o vento à noite, acabara a primeira aula de um professor barulhento e gritador, quando, ao atravessar um corredor alto e desoladoramente nu, ouvi uma voz trêmula e viscosa. Virei-me.

— Também tu, aqui!

Senti um calafrio, o sentimento de revolta dos desesperados contra a fatalidade, o medo, o pavor, uma contração no baixo-ventre, umas dores na bexiga que me ansiavam. Não lhe disse nada, procurei uma cadeira. Na negridão do corredor havia um banco sujo e ensebado.

Sentei-me — e todo o meu ser bramia num desespero de impotência contra aquele peso, num delírio incontido de quem não pode obstar a morte.

Ele sentou-se também, comodamente, no velho banco — meu igual, com tanto direito quanto eu, tranquilo, feliz, gozando toda aquela intimidade.

Deus do céu! Santo Deus!

De então em diante, eu ia viver com ele, respirar o ar que ele respirava, brincar quando ele brincasse, estudar quando ele estudasse, sentar-me nos mesmos bancos onde se sentasse ele, dormir onde dormisse, comer na mesma mesa, com os mesmos talheres, com os mesmos pratos, sob o mesmo olhar vigilante, da mesma cousa! Era de endoidecer; uma agonia sufocava-me.

Entretanto ele falava, destilava da boca a voz viscosa e morna, contando a sua alegria por ter ido para o colégio — uma boa pândega, principalmente no dormitório.

Depois, brusco, levantando-se, pôs nos meus joelhos as suas mãos moles, tumefactas, com umas unhas arroxeadas e largas — mãos idiotas e degeneradas! — e murmurou seco:

— É preciso que sejamos amigos. Pintam o diabo dos veteranos!

E foi-se tranquilo, enquanto eu, sentindo ainda a quentura das suas mãos deformes nos joelhos, abria desesperadamente num choro convulso de covarde.

Vivi dous anos nesse acrescer de ódio, tendo à noite pavor do dia, tendo de dia pavor da noite, sob o olhar dos bedéis e a facúndia inepta dos mestres. A regularidade da vida, o horário respeitado como um deus, acentuava mais esse martírio, porque, ao terminar uma certa cousa com ele, tinha a certeza de ir começar com ele outra, de às tantas horas brincar, de às tantas horas comer com ele.

Desde o banho, às cinco da manhã, acordando com a cabeça pesada entre o estridular das campainhas elétricas e a gargalhada da criançada!

Enquanto uns protestavam calmamente, com a percepção clara da inutilidade desse protesto, alegando o frio, a hora, o sono, enfiando as calças de meia, outros, alegres, desafiavam-se nus, querendo bofetadas ali mesmo, e os bedéis bradavam desabridos:

— Para a água, cambada!

A desfilada pelos corredores, dous a dous, de calças de banho.

A dor em mim tornava-se tão forte que fazia esforços imensos para abstrair-me, para pensar, no acordar de casa, às oito, tendo no quarto esparramado, como um silêncio de oiro, o sol!... Que vida!

Era quando começava a tortura. A sua vozinha morna, que escorria as palavras como uma gamela imunda, soava então, plena de confissões e familiaridades de amigos. Sempre surgiam as cousas imorais, a podridão do colégio honesto, todas as intrigas dessa sentina grave e os escândalos do José Lopes, no dormitório, a amante do diretor, arvorada em professora, borbulhavam, esparramavam-se, ficavam enormes naquela boca.

Era ele! Eternamente ele a perseguir-me, sempre ele a ensombrar-me como a asa desproporcional de um grande corvo.

E ria, e não me largava, falando, criticando, intrigando, caluniando, com todo o seu espírito tacanho e baixo.

Dormia numa cama junto à minha e no silêncio da noite tinha ideias satânicas de queimar os outros com cabeças de fósforos, de deitar fogo às cobertas para ver arder o casarão, interrogando, ansioso e sôfrego:

— Heim? Heim? que achas?

Eu, silencioso, não respondia. A sua voz, como molhada em óleo, entre a respiração pausada dos pequenos a dormir, tinha a viscosa sonoridade do arrastar das serpentes por entre folhas secas, horrorizava-me; e, mentalmente, cheio de ódio, desesperado daquela amizade, que não era mais do que a forma de um ódio vencedor — eu ia pensando que ele bem podia incendiar a casa para que tivesse o prazer de agarrá-lo, prendê-lo a ferros, de vê-lo morto, fuzilado, esfrangalhado.

A sorte ligara-me para sempre àquele corpo, que eu repulsava. Vivia envolto em ódio, sem interrupção, desde madrugada, ao acordar, vencido pelos liames invencíveis daquela vida. Não vivia, agonizava.

O professor Freitas, um senhor que escarrava a todo instante no lenço, tossindo, e, depois de subir ao estrado, dizia — graças a Deus! —, até o Freitas, que na chamada separava o nome dos alunos a escarros, quando chegava os nossos, dizia-os de um jato.

Não sei por que, mas dizia-os, fatalmente, dolorosamente e era uma ânsia, como o desespero de amor, o estado em que eu o esperava. Já no fundo, não andava bem, a tortura transformara-me, andava amalucado, porque aquele professor, parvo e doente, era para mim como um símbolo da fatalidade, porque esperava-o todos os dias, nervoso, perdido, com o desejo de vê-lo separar ao menos os nossos nomes com um escarro.

Mas o idiota não o fazia! Dizia-os de um jato, sorrindo, sem cuspir, achando fácil, achando bom isso que me fazia mal.

Ah! aquele corpo, que até numa lista banal de colégio estava agarrado a mim, como uma continuação, como a sombra de mim mesmo! Vinham-me extraordinários desejos de vingança — matá-lo! por exemplo — matá-lo!

Um dia, no recreio, disse: "Safa! que sarna que és?". Ele sorriu, num sorriso de triunfo, interrogou — "Achas?"

Nesta tarde, não me contive, estava desesperado, como quem se sente envolto na sombra luctuenta de um mal. Dei-lhe dous pontapés por baixo da mesa, na aula de latim.

E a raiva de me vingar, essa nevrose de gozar a dor de sua dor, tresvariou-me.

Dias depois ensaboei uma escada por onde desceria, e da janela do segundo andar gozei a sua terrível queda, o seu desmaio, a contusão do frontal avermelhando em sangue. O desfalecimento dos primeiros tempos, o terror, transformava-se em desejos de esfrangalhá-lo, e ele — era covarde, mesmo covarde!

Não sabendo mais como vingar-me, conversei, conspirei no colégio e numa tarde de saída consegui dar uma assuada contínua por toda uma rua, gritando, fazendo os outros gritarem — cabeça de sebo! para vê-lo chorar e correr com medo.

Então não me contive mais, não podia ver aquele ente que eu repulsava, e que gostava do que eu gostava, que vivia comigo, que me envenenava covardemente.

Odiava-o.

Esperei uma ocasião de amesquinhá-lo e no dia seguinte, na aula de História, enquanto o Sr. professor escarrava contando a civilização de Montezuma, esbofeteei Felisbrino dos Santos e cuspi-o na cara, possuído de um desespero terrível, perdido e doido.

Expulso do colégio, como desordeiro, foi tão forte a reação que estive a morrer no outro meio, no aconchego da família, sem ódios e sem paixões. Nunca mais o vi, lembrando-me diariamente dele como de um objeto horroroso, que eu não encontrava. Estava tranquilizado, e formei-me como todo filho de família, passeei, diverti-me, fiz trocadilhos, compus versos e usei luvas pretas. Como toda a gente — normal. Às vezes de dia a passear, ou à noite no Lírico, assaltava-me a sua imagem e o pavor antigo pregava-me à cadeira, grudava-me os pés na rua. Se ele chegasse de repente, sentasse-se a meu lado, desembocasse naquela rua? E torturava-me, sentia frio, pedia aos céus um conhecido que me arrancasse dali, que me salvasse.

Entretanto tornei a vê-lo.

Estava eu no camarim do Barberlhe, que estreava nesse dia fazendo o Iago do *Otelo*. Fazia-o mal como todo português, mas em compensação era uma agradável conversa. A companhia, que viera de Portugal, diziam-na muito uniforme, e tinham até aplaudido Desdêmona, no ato que acabara. Não havendo nada que fazer eu lá ia, como ia aos outros, vê-los gritar, apertar-lhes a mão, conversar banalidades.

E justamente Barberlhe contava-me uns amores indecentes do bairro alto de Lisboa, que quase o tinham enterrado, quando bateram à porta e, sem esperar pela resposta, vi entrar pelo camarim adentro um homem todo gomado, mecânico, sem suar, com um ar irritante de janota, que abria os braços, falsamente, dizendo:

— Meu querido Barberlhe!

Na poltrona, onde estava, senti um calafrio vagaroso pela espinha, uma vibração elétrica do dorso, igual às das panteras, e deixei-me ficar sentado. O ator, muito cheio, agradecia essa efusão, retocando a pintura e oferecendo Málaga. O Sr. janota dizia com uma voz carnavalesca e rouca, de que eu vagamente me recordava, a sua chegada de Londres, e a sua impressão de Lisboa, onde conhecera o Barberlhe. E de repente pôs-se a tirar as luvas. Uma angústia invadia-me à proporção em que pedantemente eu o via desenluvar-se. Dentro de mim, qualquer cousa de superior gritava que eu o reconheceria.

Reconheci-o nas suas mãos, nessas mãos tufosas de unhas chatas, estrangulei um grito; estiquei-me na poltrona, retesando os nervos. Era ele! com o cabelo empastelado, com a voz morna de serpente, com os lábios finos, com as mãos deformes! Era ele!

Tinha-o de novo, ali, diante de mim, conversando, alegre, pedante, tolo, mau! Vinha atravancar-me o caminho, matar-me a outra vida de que eu ressurgira. E eu não o queria, não o queria, odiava-o. Parecia um epilético, um impulsivo, tinha delírios homicidas vendo-o.

Barberlhe, entretanto, foi gentil.

— E eu que me esquecia! Tenho que os apresentar: o Dr. Felisbrino dos Santos, o Dr. Fábio de Aguiar.

Ele deu um salto, fingindo surpresa.

— O Fábio! mas se fomos colegas! não me conheces?

Respondi.

— Conheço-te! Mas, diabo! — pensei que não falasses comigo! Tinhas razão para isso. Um frio tombou de chofre, e só ele falou, calmo, da criançada, dos tempos idos, e da inutilidade de um inimigo. Tinha um tom *rastaquouère*, debitando anedotas de Inglaterra e passeios agradáveis pelas províncias asiáticas da Rússia.

Como o contrarregra passasse a badalar, aproveitei a ocasião para retirar-me. Estava a arrebentar de cólera; disse-lhe adeus, seco.

— Vais sair?

— Vou.

— Também eu!

E grudou-se a mim, fanfarrão e idiota. Na plateia havia uma cadeira junto à minha. Sentou-se a meu lado a ouvir o quarto ato do *Otelo*, e riu perverso quando em cena Barberlhe, fingindo de Iago, dizia — a honra é uma coisa invisível; muitas mulheres, que já não a têm, conservam-na aos nossos olhos.

Disse-a em inglês até, ao meu ouvido, censurando a tradução — *Her honor is an essence that's not seen; They have it very oft that have it not.*[6]

---

6 A honra é uma essência invisível. Muitas vezes a tem quem nunca a teve.

E enquanto da sua boca escorria um pessimismo imundo procurando, sob o lustre do teatro, alguém a quem atacasse a honra, eu sentia reviver o Felisbrino do colégio, o Felisbrino que eu odiava. Como o pano descesse, precipitei-me à caixa e já o encontrei cumprimentando Desdêmona. Disse-lhe frio, para dizer qualquer coisa: Belo dia o de hoje, heim?

— *Very glorious*!

Aquele *very glorious*! encolerizou-me, cegou-me; vi tudo com o tom cru das gambiarras, não distingui, senti o ódio do homem como sentira o ódio da criança e sacudi-o, sacudi-o com brutalidade.

— Venha cá, cavalheiro — odeio-o, odeio-o e odeio-o, brutalmente. Não o posso tolerar. Sei que me detesta, se continua — esbofeteio-o!

— Mas que queres tu fazer?

— Quero simplesmente vê-lo pelas costas! Vá, vá, vá embora.

E enquanto na caixa havia um reboliço e Iago em vão tentava conter-me, eu fui levando-o, aos murros, aos pontapés pelos camarins, sentindo o delicioso prazer de espancá-lo.

Parto hoje para a Europa; o navio está a levantar ferro, e do meu beliche, cheio de sol e de um odor de salsugem, vejo a cidade toda roxa. Acordei alegre, nomeado enfim para um consulado, a ver viver, em lugar de viver, de fazer parte de um povo, a ser exceção! Era um futuro bom, um futuro que me agradava.

Entretanto perdi a alegria, sinto um desânimo, todo um desconsolo sentimental!

Como viesse para bordo do *coupé* do Carlos, ao passarmos por um enterro humilde, acompanhado por uns poucos de carros sujos e duros, vi que de um deles partia um cumprimento. Carlos voltou-se; retribuindo-o — disse-me:

— Sabes quem se vai para o outro mundo, ali, naquele caixão? O pobre do Felisbrino dos Santos!

Foi como se me arrancassem as entranhas; senti um vazio de angústia, perdi a alegria, perdi todo o meu contentamento. Era ele que passava como a asa de um corvo; era sempre ele a apagar-me a felicidade, a atravancar-me, a empolgar-me.

E, morto, o ódio dos nossos temperamentos, a repulsão dos nossos cérebros, da nossa carne, manifesta-se; porque eu o odeio, porque odeio o cadáver de Felisbrino dos Santos, como odiava o tipo viscoso de menino, o janota parvo, como odiava o seu olhar, os seus cabelos cheios d'óleo, o seu andar, a sua cobardia, com o supremo ódio dos temperamentos contrários, com o grande ódio dos corações que não se compreendem — porque tinha ímpetos de esbofetear aquele cadáver, que, aos solavancos, ia encaixotado em pinho, de sovar, de esmagar aquele corpo morto, como outrora esbofeteara e espancara aquele que odiava.

Não sei a dor que me deu ao sabê-lo morto, passando por mim como um adeus. O que eu sei é que tive a alma humana dos bárbaros pré-históricos, e que conservei um rancor de vinte anos, porque nunca me pude vingar, é que ainda odeio-o, porque não fui eu quem o matou, segurando pelos pés, espatifando-lhe a cabeça, espatifando-o todo, no supremo gozo do ódio.

E estou triste, olhando a cidade roxa, ciente do irremediável porque não posso revivê-lo para ter o prazer — eu mesmo — de o matar outra vez.

Publicada originalmente no jornal *Cidade do Rio,* em 19 de maio de 1900.

DENTRO DA NOITE

— Então causou sensação?

— Tanto mais quanto era inexplicável. Tu amavas a Clotilde, não? Ela, coitadita!, parecia louca por ti, e os pais estavam radiantes de alegria. De repente, súbita transformação. Tu desapareces, a família fecha os salões como se estivesse de luto pesado. Clotilde chora... Evidentemente havia um mistério, uma dessas coisas capazes de fazer os espíritos imaginosos arquitetarem dramas horrendos. Por felicidade, o juízo geral é contra o teu procedimento.

— Contra mim?

— Podia ser contra a pureza da Clotilde. Graças aos deuses, porém, é contra ti. Eu mesmo concordaria com o Prates que te chama velhaco, se não viesse encontrar o nosso Rodolfo, agora, onze da noite, por tamanha intempérie metido num trem de subúrbio, com o ar desvairado...

— Eu tenho o ar desvairado?

— Absolutamente desvairado.

— Vê-se?

— É claro. Pobre amigo! Então, sofreste muito? Conta lá. Estás pálido, suando apesar da temperatura fria, e com um olhar tão estranho, tão esquisito. Parece que bebeste e que choraste. Conta lá. Nunca pensei encontrar o Rodolfo Queiroz, o mais elegante artista desta terra, num trem de subúrbio, às onze de uma noite de temporal. É curioso. Ocultas os pesares nas matas suburbanas? Estás a fazer passeios de vício perigoso?

O trem rasgara a treva num silvo alanhante, e de novo cavalava sobre os trilhos. Um sino enorme ia com ele badalando, e pelas portinholas do vagão viam-se, a marginar a estrada, as luzes das casas ainda abertas, os silvedos empapados d'água e a chuva lastimável a tecer o seu infindável véu de lágrimas. Percebi então que o sujeito gordo da banqueta próxima — o que falava mais — dizia para o outro:

— Mas como tremes, criatura de Deus! Estás doente?

O outro sorriu desanimado.

— Não; estou nervoso, estou com a maldita crise. E como o gordo esperasse:

— Oh! meu caro, o Prates tem razão! E teve razão a família de Clotilde e tens razão tu cujo olhar é de assustada piedade. Sou um miserável desvairado, sou um infame desgraçado.

— Mas que é isto, Rodolfo?

— Que é isto! É o fim, meu bom amigo, é o meu fim. Não há quem não tenha o seu vício, a sua tara, a sua brecha. Eu tenho um vício que é positivamente a loucura. Luto, resisto, grito, debato-me, não quero, não quero, mas o vício vem vindo a rir, toma-me a mão, faz-me inconsciente, apodera-se de mim. Estou com a crise. Lembras-te da Jeanne Dambreuil quando se picava com morfina? Lembras-te do João Guedes quando nos convidava para as *fumeries* de ópio? Sabiam ambos que acabavam a vida e não podiam resistir. Eu quero resistir e não posso. Estás a conversar com um homem que se sente doido.

— Tomas morfina, agora? Foi o desgosto decerto...

O rapaz que tinha o olhar desvairado perscrutou o vagão. Não havia ninguém mais — a não ser eu, e eu dormia profundamente... Ele então aproximou-se do sujeito gordo, numa ânsia de explicações.

— Foi de repente, Justino. Nunca pensei! Eu era um homem regular, de bons instintos, com uma família honesta. Ia casar com a Clotilde, ser de bondade a que amava perdidamente. E uma noite estávamos no baile das Praxedes, quando a Clotilde apareceu decotada, com os braços nus. Que braços! Eram delicadíssimos, de uma beleza ingênua e comovedora, meio infantil, meio mulher — a beleza dos braços das Oréadas pintadas por Botticeli, misto de castidade mística e de alegria pagã. Tive um estremecimento. Ciúmes? Não. Era um estado que nunca se apossara de mim: a vontade de tê-los só para os meus olhos, de beijá-los, de acariciá-los, mas principalmente de fazê-los sofrer. Fui ao encontro da pobre rapariga fazendo um enorme esforço, porque o meu desejo era agarrar-lhe os braços, sacudi-los, apertá-los com toda a força, fazer-lhes manchas negras, bem negras, feri-los... Por quê? Não sei, nem eu mesmo sei — uma nevrose! Essa noite passei-a numa agitação incrível. Mas contive-me. Contive-me dias, meses, um longo tempo, com pavor do que poderia acontecer. O desejo, porém, ficou, cresceu, brotou, enraigou-se na minha pobre alma. No primeiro instante, a minha vontade era bater-lhe com pesos, brutalmente. Agora a grande vontade era de espetá-los, de enterrar-lhes longos alfinetes, de cosê-los devagarinho, a picadas. E junto de Clotilde, por mais compridas que trouxesse as mangas, eu via esses braços nus como na primeira noite, via a sua forma grácil e suave, sentia a finura da pele e imaginava o súbito estremeção quando pudesse enterrar o primeiro alfinete, escolhia posições, compunha o prazer diante daquele susto de carne que havia de sentir.

— Que horror!

— Afinal, uma outra vez, encontrei-a na *sauterie*[1] da viscondessa de Lages, com um vestido em que as mangas eram de gaze. Os seus braços — oh! que braços, Justino, que braços! — estavam quase nus. Quando Clotilde erguia-os, parecia uma ninfa que fosse se metamorfoseando em anjo. No canto da varanda, entre as roseiras, ela disse-me — "Rodolfo, que olhar o seu. Está zangado?" Não foi possível reter o desejo que me punha a tremer, rangendo os dentes. — "Oh! não! fiz. Estou apenas com vontade de espetar este alfinete no seu braço." Sabes como é pura a Clotilde. A pobrezita olhou-me assustada, pensou, sorriu com tristeza: — "Se não quer que eu mostre os braços porque não me disse a mais tempo, Rodolfo? Diga, é isso que o faz zangado?" — "É, é isso, Clotilde." E rindo — como esse riso devia parecer idiota! — continuei. "É preciso pagar ao meu ciúme a sua dívida de sangue. Deixe espetar o alfinete." — "Está louco, Rodolfo?" — "Que tem?" — "Vai fazer-me doer." — "Não dói." — "E o sangue?" — "Beberei essa gota de sangue como a ambrosia do esquecimento." E dei por mim, quase de joelhos, implorando, suplicando, inventando frases, com um gosto de sangue na boca e as frontes a bater, a bater... Clotilde por fim estava atordoada, vencida, não compreendendo bem se devia ou não resistir. Ah! meu caro, as mulheres! Que estranho fundo de bondade, de submissão, de desejo, de dedicação inconsciente tem uma pobre menina! Ao

---

1 Pequena reunião onde se dança.

cabo de um certo tempo, ela curvou a cabeça, murmurou num suspiro "Bem, Rodolfo, faça... mas devagar, Rodolfo! Há de doer tanto!" E os seus dois braços tremiam.

Tirei da botoeira da casaca um alfinete, e nervoso, nervoso como se fosse amar pela primeira vez, escolhi o lugar, passei a mão, senti a pele macia e enterrei-o. Foi como se fisgasse uma pétala de camélia, mas deu-me um gozo complexo de que participavam todos os meus sentidos. Ela teve um ah! de dor, levou o lenço ao sítio picado, e disse, magoadamente — "Mau!"

Ah! Justino, não dormi. Deitado, a delícia daquela carne que sofrera por meu desejo, a sensação do aço afundando devagar no braço da minha noiva, dava-me espasmos de horror! Que prazer tremendo! E apertando os varões da cama, mordendo a travesseira, eu tinha a certeza de que dentro de mim rebentara a moléstia incurável. Ao mesmo tempo que forçava o pensamento a dizer nunca mais farei essa infâmia! todos os meus nervos latejavam: voltas amanhã; tens que gozar de novo o supremo prazer! Era o delírio, era a moléstia, era o meu horror...

Houve um silêncio. O trem corria em plena treva, acordando os campos com o desesperado badalar da máquina. O sujeito gordo tirou a carteira e acendeu uma cigarreta.

— Caso muito interessante, Rodolfo. Não há dúvida que é uma degeneração sexual, mas o altruísmo de São Francisco de Assis também é degeneração e o amor de Santa Teresa não foi outra coisa. Sabes que Rousseau tinha pouco mais ou menos esse mal? És mais um tipo a enriquecer a série enorme dos discípulos do Marquês de Sade. Um homem de espírito já definiu o sadismo: a depravação intelectual do assassinato. És um *Jack the Ripper* civilizado, contentas-te com enterrar alfinetes nos braços. Não te assustes.

O outro resfolegava, com a cabeça entre as mãos.

— Não rias, Justino. Estás a tecer paradoxos diante de uma criatura já do outro lado da vida normal. É lúgubre.

— Então continuaste?

— Sim, continuei, voltei, imediatamente. No dia seguinte, à noitinha, estava em casa de Clotilde, e com um desejo louco, desvairado. Nós conversávamos na sala de visitas. Os velhos ficavam por ali a montar guarda. Eu e a Clotilde íamos para o fundo, para o sofá. Logo ao entrar tive o instinto de que podia praticar a minha infâmia na penumbra da sala, enquanto o pai conversasse. Estava tão agitado que o velho exclamou: — "Parece, Rodolfo, que vieste a correr para não perder a festa".

Eu estava louco, apenas. Não poderás nunca imaginar o caos da minha alma naqueles momentos em que estive a seu lado no sofá, o *maelstrom*[2] de angústias, de esforços, de desejos, a luta da razão e do mal, o mal que eu senti saltar-me à garganta, tomar-me a mão, ir agir, ir agir...

Quando ao cabo de alguns minutos acariciei-lhe na sombra o braço, por cima da manga, numa carícia lenta que subia das mãos para os ombros, entre os dedos senti que já tinha o alfinete, o alfinete pavoroso. Então fechei os olhos, encolhi-me, encolhi-me, e finquei.

Ela estremeceu, suspirou. Eu tive logo um relaxamento de nervos, uma doce acalmia.

Passara a crise com a satisfação, mas sobre os meus olhos os olhos de Clotilde se fixaram enormes e eu vi que ela compreendia vagamente tudo, que ela descobria o seu infortúnio e a minha infâmia.

---

2 Turbilhão.

Como era nobre, porém! Não disse uma palavra. Era a desgraça. Que se havia de fazer?...

Então depois, Justino, sabes? foi todo o dia. Não lhe via a carne, mas sentia-a marcada, ferida. Cosi-lhe os braços! Por último perguntava: — "Fez sangue, ontem?" E ela pálida e triste, num suspiro de rola: "Fez...". Pobre Clotilde! A que ponto eu chegara, na necessidade de saber se doera bem, se ferira bem, se estragara bem! E no quarto, à noite, vinham-me grandes pavores súbitos ao pensar no casamento porque sabia que se a tivesse toda havia de picar-lhe a carne virginal nos braços, no dorso, nos seios... Justino, que tristeza!...

De novo a voz calou-se. O trem continuava aos solavancos na tempestade, e pareceu-me ouvir o rapaz soluçar. O outro porém estava interessado, e indagou:

— Mas então como te saíste?

— Em um mês ela emagreceu, perdeu as cores. Os seus dois olhos negros ardiam aumentados pelas olheiras roxas. Já não tinha risos. Quando eu chegava, fechava-se no quarto, no desejo de espaçar a hora do tormento. Era a mãe que a ia buscar. "Minha filha, o Rodolfo chegou. Avia-te." E lá de dentro: "Já vou, mãe". Que dor eu tinha quando a via aparecer sem uma palavra!

Sentava-se à janela, consertava as flores da jarra, hesitava, até que sem forças vinha tombar a meu lado, no sofá, como esses pobres pássaros que as serpentes fascinam. Afinal, há dois meses, uma criada viu-lhe os braços, deu o alarme. Clotilde foi interrogada, confessou tudo numa onda de soluços. Nessa mesma tarde recebi uma carta seca do velho pai desfazendo o compromisso e falando em crimes que estão com penas no código.

— E fugiste?

— Não fugi; rolei, perdi-me. Nada mais resta do antigo Rodolfo. Sou outro homem, tenho outra alma, outra voz, outras ideias. Assisto-me endoidecer. Perder a Clotilde foi para mim o sossobramento total. Para esquecê-la percorri os lugares de má fama, aluguei por muito dinheiro a dor das mulheres infames, frequentei alcouces. Até aí o meu perfil foi dentro em pouco o terror. As mulheres apontavam-me a sorrir, mas um sorriso de medo, de horror.

A pedir, a rogar um instante de calma, eu corria às vezes ruas inteiras da Suburra, numa enxurrada de apodos. Esses entes querem apanhar do amante, sofrem lanhos na fúria do amor, mas tremem de nojo assustado diante do ser que pausadamente e sem cólera lhes enterra alfinetes. Eu era ridículo e pavoroso. Dei então para agir livremente, ao acaso, sem dar satisfações, nas desconhecidas. Gozo agora nos *tramways*, nos *music-halls*, nos comboios dos caminhos de ferro, nas ruas. É muito mais simples. Aproximo-me, tomo posição, enterro sem dó o alfinete. Elas gritam, às vezes. Eu peço desculpa. Uma já me esbofeteou. Mas ninguém descobre se foi proposital. Gosto mais das magras, as que parecem doentes.

A voz do desvairado tornara-se metálica, outra vez. De novo, porém, a envolveu um tremor assustado.

— Quando te encontrei, Justino, vinha a acompanhar uma rapariga magrinha. Estou com a crise, estou... O teu pobre amigo está perdido, o teu pobre amigo vai ficar louco...

De repente, num entrechocar de todos os vagões, o comboio parou. Estávamos numa estação suja, iluminada vagamente. Dois ou três empregados apareceram com lanternas rubras e verdes. Apitos trilaram. Nesse momento, uma menina loura com um guarda-chuva a pingar, apareceu, espiou o vagão, caminhou para outro, entrou. O rapaz pôs-se de pé logo.

— Adeus.

— Saltas aqui?

— Salto.

— Mas que vais fazer?

— Não posso, deixa-me! Adeus!

Saiu, hesitou um instante. De novo os apitos trilaram. O trem teve um arranco. O rapaz apertou a cabeça com as duas mãos como se quisesse reter um irresistível impulso. Houve um silvo. A enorme massa resfolegando rangeu por sobre os trilhos. O rapaz olhou para os lados, consultou a botoeira, correu para o vagão onde desaparecera a menina loura. Logo o comboio partiu. O homem gordo recolheu a sua curiosidade, mais pálido, fazendo subir a vidraça da janela. Depois estendeu-se na banqueta. Eu estava incapaz de erguer-me, imaginando ouvir a cada instante um grito doloroso no outro vagão, em que estava a menina loura. Mas o comboio rasgara a treva com outro silvo, cavalgando os trilhos vertiginosamente. Através das vidraças molhadas viam-se numa correria fantástica as luzes das casas ainda abertas, as sebes empapadas d'água sob a chuva torrencial. E à frente, no alto da locomotiva, como o rebate do desespero, o enorme sino reboava, acordando a noite, enchendo a treva de um clamor de desgraça e de delírio.

Publicada originalmente na *Gazeta de Notícias*, em 1º de janeiro de 1906, e posteriormente inserida na coletânea *Dentro da noite* (Paris, Garnier, 1910).

O AMOR DE JOÃO

— Sim. Para que negar? Eu não gosto das mulheres. Está a rir o senhor? Ah! não tenho para aí frases bonitas e versinhos que digam o meu pensamento, o que sinto cá por dentro. Mas sou franco e falo logo.

Não gosto das mulheres. Sou muito especial. Admira-se? Tenho 18 anos e há oito que deixei a aldeia, a terra, os pais. Vim para aqui, o senhor sabe? como caixeiro — caixeirito aí de uma taberna. Eu sou um simples caixeiro. A gente precisa também de ter uma amizade, um carinho. Consola a alma, faz bem.

Mas é vir, é trabalhar, é juntar. Agora nem se junta mais. Vai-se ao teatro, tem-se o cuidado da roupa, de um par de botas, do cabelo bem aparado, de uma flor para o peito. Tudo isso custa dinheiro e não se vai juntar, quando as despesas aumentam. A taberna dava tão pouco, que passei para um botequim — quatro anos depois. Ali, na Rua do Lavradio, o senhor conhece? Vão lá muitas mulheres, e soldados, e rufiões. Algumas eram bem bonitas no meu tempo. O senhor ri. Ah! eu brincava com elas sim, fiava-lhes anis, café, porções de mortadela. Mas não gostava, sabe?, não gostava. Quantas, depois de pedirem coisas, indagavam?

— Ó João, queres ser meu amigo?

Amigo? eu? para ter que as acompanhar à rua, tomar o *bond* com elas, defendê-las dos outros, esperar de fora às horas que elas entendem? Eu não... Uma pessoa tem princípios, nasceu da gente séria, e não se arrisca a estragar a sua vida, agora por causa das fúfias... Brincadeiras, favores, sim, está direito. Agora essa história de aturá-las é que não. Estou a dizer-lhe: não gosto das mulheres. E agora mais do que nunca!

O senhor pergunta por quê? Sim, não esteja assim a zombar. Eu gostei de uma. Gostei muito. Ainda gosto. Também era uma rapariga muito diferente. Foi lá um rapaz na terra, que a enganou. Ela veio, e estava a morar na Rua do Lavradio. Mas era mais séria que as outras. Nada de pândegas. Tinha 20 anos. Era mais velha do que eu. Quando pedia as coisas à gente ficava corada. E tinha medo à polícia, dizia sempre: "Ai! Jesus! que me prendem!"... Eu gostei dela. Para que negar? Ela também. Ao terminar o serviço, corria-lhe logo à casa, e até com ela saía a passear. O senhor compreende, era uma rapariga séria, que não se dava ao desfrute. Nunca a vi na rua com um homem, a não ser comigo. Só punha o pé fora para as compras indispensáveis. E depois que boazita! Quando um homem estava arreliado da vida, ela só consolava, só afagava; quando se sofria de uma dor parecia que ela também sofria; e como estava sempre a dizer: "Ai Jesus!" dava gana a uma pessoa de pensar no céu e nas coisas bonitas que os fados cantam.

Um dia, porém, como eu chegasse do botequim mais cedo, ela disse:

— João, temos que conversar.

— Conversa, mulher.

— João, tu não vais zangar?

— Eu? qual!

— Sabes a minha vida como anda atrapalhada. Não tenho jeito para a janela. Também não quero ir servir para aí de lavadeira ou copeira.

— E então?

— Então, João, eu encontrei um homem...

Eu senti uma grande paixão cá dentro da alma, tão grande, tão grande... Ela continuava a falar.

— É um homem sério, negociante de louças. Tem dinheiro. Dá-me tudo quanto eu quiser e ainda compra a casa da madama para eu ficar como dona.

— Mas que tem isso?

— É que eu sou séria e não vou enganá-lo.

— Então adeus!

— Escuta, pequeno...

Desci a escada depressa e chorei toda a noite. De raiva ou de dor? De raiva. Parecia impossível. Mas ela era séria mesmo. Noutro dia passei. Ela estava lá na janela, mas eu fiz que não vi e rodei. Nada de dar o braço a torcer. Mas como custou! O Justino, meu companheiro, é que me levava a passear para espairecer. Eu ia, e um dia, acredita o senhor?, encontrei-a no Campo de Sant'Anna, com o tal sujeito das louças todo abrilhantado. Ai! que ódio, que ódio que eu senti. Cheguei a parar uns dez passos adiante.

— Justino, eu mato aquele sujo!

Estava tudo escuro em volta. Eu trazia um revólver. Mas olhei para ela, e ela, que se deitara no ombro dele para olhar-me, parecia com tanto medo, tanto, que até cuspi para o lado:

— Porca!

E fui andando.

Mas o senhor pensa que ela ficou desgostando de mim? Qual! No outro dia, quando me viu, riu. Eu bem que vi, com o rabo do olho. Depois não se conteve e disse: — "Boa noite, benzinho". Que devia fazer? Eu respondi: "Boa noite, Sra. D. Rosa!". E passei sério, sem dar confiança. Ao fim da semana ela disse da sacada, quando eu vinha do botequim, à noite:

— Ó João, sobe!

Ora, se eu estava para ouvir segunda vez o chamado! Subi a escada a quatro e quatro. Mas é quase para não acreditar. A Rosa recebeu-me como uma senhora, dando-me a ponta dos dedos.

— Que é isso, Rosa?

— João, chamei-te para conversarmos.

— Mas assim como um homem que conheceste tanto?

— Não quero tolices. O homem que está agora dá-me tudo. É bonito enganá-lo? Tu gostarias se estivesses no seu lugar? E se ele vem a saber? Abandona-me! Fico outra vez ao deus-dará? Ah! vocês não sabem ajudar as mulheres que são boas!

— Eu quase outro dia mato aquele sujo!

— Sujo porque tem mais do que tu?

— Porque tu gostas dele.

— Quem to disse? Eu gosto de ti, meu tolo... Ele dá, paga, tenho medo de perdê-lo...

— Mas, se gostas...

— Não, não. Espera... quando ele partir!

— Oh! Rosa...

— Chamei-te para dizer isto: podes vir aqui conversar. Só conversar, para matar saudades, à vista de todos. Mas não me falarás mais nisto... Quando chegar o momento, eu digo.

Então não respondi. Ela é senhora do que é seu, não acha? faz o que entende. Até ficava furioso quando diziam que eu ia lavar a louça. Não! que respeitava-a, e direito. Se bastava lá ir e vê-la para ficar contente, com a esperança do dia... E o diacho é que ela também, meu senhor, ela também gostava das minhas visitas assim a modos de "conversado" das cidades com a sua aquela...

Um belo dia, às duas da tarde, no botequim, disseram-me que a Rosa mudava. E não me dissera nada!

Perdi a cabeça. Corri. Encontrei no quarto um velho de bigode grosso.

— Que quer?

— Venho perguntar se a senhora precisa de alguma coisa.

— Ó Rosa, gritou o sujeito, tens aí um caixeiro...

— O senhor sabe que eu sou um simples caixeiro. Gritei também.

— É o João, minha senhora, o João.

E chamei "minha senhora" para o velho não desconfiar. Ninguém tinha que saber da nossa vida. A Rosa apareceu.

— Ah! sim, é você, olhe venha cá, eu preciso realmente...

E foi me levando para a escada, — dizendo-me ao ouvido:

— Não me percas, João, é o meu futuro esse velho, é o sócio do outro. Dá-me uma casa nas Laranjeiras, com criados. Vou viver sério. Eu não tenho jeito para perdida. Só de ti gosto...

— Mas, Rosa...

— Não me percas, queridinho... Pelos momentos bons que eu te dei, pelas santas alminhas que estão no céu, não me percas... é o que te peço. Ah! eu não esqueço. Eu não esqueço. Esse velho... olha... quando for ocasião eu mando te chamar...

Era bonito fazer uma cena? Depois eu não adiantava nada. Talvez ela até deixasse de gostar de mim. E ela gosta de mim.

O senhor duvida? É porque ela é séria, sabe?, séria. Quer arranjar a sua vida... Nunca mais a vi. Vai para um ano. Dessa gostava. Gosto.

Das outras, não. É uma gentinha que não vai comigo. Nada de confianças. Mas que está o senhor a olhar para mim assim? O senhor está imaginando que se eu tivesse dinheiro a Rosa não me deixava? É da vida! o senhor sabe? é da vida... Não se pode ter tudo, e, às vezes, só não se tem o que se deseja. O senhor está com pena de mim? Diga? Eu pareço muito criança? Eu sou tolo, um toleirão, pois não? Mas que quer, até quando falo dela começo a sentir água nos olhos... não é nada, não! não é nada! e sinto vontade de chorar, de chorar. Vamos para o escuro, ali, vamos. Assim as pessoas não veem que eu estou chorando. E chorando por que, hein? Só por gostar. Está olhando para o meu lenço? É dela. É um lenço que ela me deu. Lenço é separação. Quando eu choro, tenho sempre este lenço. Hei de lho mandar depois... E eu juro ao senhor, ela chorará também. É boa rapariga, é séria. Mas nem tudo se pode na vida, e eu sou para aí um simples caixeiro...

Publicada originalmente em *A Notícia*, em 29 de agosto de 1909.

A MOLÉSTIA DO CIÚME

Para não falhar a um velho hábito, fui, ontem pela manhã, visitar o meu ilustre amigo, o célebre alienista que assombra a cidade pelos seus processos de tratamento da loucura e sua variada intuição das literaturas doentias e das psicologias mórbidas. Era de manhã, fazia um lindo dia de sol, escandalosamente azul, e o alienista, moço, bem-disposto, elegante, acabava de fazer a sua visita à enfermaria sob sua guarda no Hospício Nacional.

— Há quanto tempo!

— É verdade, há tempos que não venho aprender com o mestre...

— Tens andado ocupado?

— Ocupadíssimo. O mestre que compreende as moléstias da sociedade deve imaginar quão grave ocupação é a gente livrar-se da filofobia nacional...

Complacentemente o alienista sorriu, mandou vir café, biscoitos de araruta — porque é louco por biscoitos como o senador Lopes Gonçalves o é por charutos de 100 réis e a rainha da Holanda, por doce de ameixas — e indagou:

— Que desejas tu?

— Uma consulta sobre a semana. Deve ter lido os jornais. A cidade atravessa a crise do ciúme. Por toda a parte Otelos, por toda a parte um novo desespero de novas Desdêmonas...

— É verdade; a semana é a semana do ciúme.

— Veja o mestre a paixão triunfante, o amor mostrando o seu hórrido reverso; os grandes sentimentos abrindo fogueiras...

— Os grandes sentimentos? Mas, meu amigo, o ciúme é uma moléstia.

— Moléstia! É impossível! Tudo menos catalogar os grandes sentimentos que dignificam o homem em um compêndio de psicopatia. O mestre teria contra si os românticos, a cidade inteira, se o afirmasse em público!

— Oh! sim, como acontece sempre que anexamos uma doença até então sentimento normal ou desregramento humano. Quando da bebedeira fizemos a dipsomania, grande barulho; quando dos sem vergonha criamos os erotômanos, escândalo; quando da paixão de Fedra se inventou a histeria, parecia que o mundo vinha abaixo. Havemos de ter as mesmas cóleras quando anexarmos o ciúme. O barulho acaba e a conquista continua.

— A conquista?

— Ah! sim, a nossa conquista só parará quando tiver purgado a terra de todos os males terríveis que se adoram sob o pseudônimo de grandes paixões, no dia em que a humanidade voltar aos sentimentos médios, afáveis e higiênicos, sem os quais não há nem saúde nem duração possíveis...

— É uma novidade?

— É uma ideia de Fernando Vauderém que eu reproduzo textualmente. Anexar o ciúme era arriscado. Há muito que a medicina pensava no caso, sem coragem. E não imaginas como nós rimos quando os poetas e os literatos definem a doença — o ciúme é isto, o ciúme nasce daquilo...

É da gente se torcer. O ciúme é simplesmente uma doença mental, e só o receio de um escândalo forçava a medicina a não o declarar. Hoje os tribunais já dão como razão para absolver os assassinos, o ciúme, e, firmados nos dois luminares da literatura dramática, pode-se provar as coisas. Conhece Shakespeare, conhece Molière? Pois esses dois homens têm duas peças típicas, o *Otelo* e o *Misantropo*, duas monografias excelentes sobre o ciúme.

É claro que para Shakespeare Otelo é um doido, e para Molière o Alceste também é maluco. Em Shakespeare há todos os sintomas de demência: espuma nos lábios, congestões, ataques epileptiformes... Em *Alceste*, simplesmente bizarrias, furores, perturbações verbais; mas para quem conhece a doença é clara, salta aos olhos. A questão está agora em tomar os casos da moléstia do ciúme aqui, sob a influência do meio, e fazer o trabalho capaz de salvar para todo o sempre os homens normais de um bando de malucos e malucos que os poetas acham extraordinários.

— Mas é admirável!

— Com efeito, é admirável porque verdadeira.

— Mais! É o restabelecimento da paz nos casais. Não haver mais ciúmes! Que delícia. O marido está ciumento, zás! para o hospício; a esposa escuma de furor por ter encontrado uma carta indiscreta — manicômio com ela. Mas, mestre, o senhor é o salvador da humanidade!

— Não sou eu, é a ciência, a ciência que acaba com todos os males humanos.

— E com os humanos também.

— Oh! a ironia! tem um pouco de senso, reflete. O ciúme é uma doença mental do extremo aperfeiçoamento das raças, é como a neurastenia, a *surmenage*[1], e tanto assim que os homens a sentiram primeiro que as mulheres. Estuda a história dos povos antigos e dos que nós chamamos de bárbaros de hoje: — plena poligamia e plena poliandria. Não havia ciúme. Veio a ambição, veio o egoísmo, veio o "venha a nós". Um índio do Amazonas, um cafre do sul da África são ainda agora superiores ao mal, dão as mulheres com indiferença. Um sujeito morador em Catumbi é capaz de matar toda a freguesia se descobrir que a esposa o engana.

— Conforme.

— Os que não matam são os normais do futuro. Agora, eu, em nome da ciência, agarro o assassino antes do crime, meto-o na minha enfermaria, emprego os processos de acalmação nêurica da Alemanha e fica ele livre de uma morte, o amante livre de morrer e ela livre para o que quiser... Uma vez a sociedade compenetrada de que realmente o ciúme é uma doença como a histeria, a erotomania, o alcoolismo — o terror da camisola de força contém e transforma os temperamentos. Desaparecem os maridos feras, as esposas ferozes, a instituição anacrônica da sogra, os amigos íntimos que vêm contar coisas, os assassinatos, as cenas de sangue, as notícias sensacionais e talvez as casas de armas desaparecessem, se não houvesse a guerra e o permanente perigo alemão...

— De modo que basta a anexação para extinguir o mal?

— Em 1950, meu caro, uma semana de crimes de amor, de suicídios e de assassinatos será tão rara, tão rara que os alienistas ficarão pasmos.

---

1 Estresse.

Mas é bom não julgar que a ciência fique restrita a essas anexações. Há outras doenças pelo mundo que precisam do tratamento regular do hospício — a nevrose da poesia, por exemplo, o mal de fazer versinhos; a inveja dos críticos que nunca fazem nada senão descompor os que trabalham; os jornalistas profissionais, doença perigosa que se alastra com aspectos de epidemia; a ânsia científica das senhoras... Ah! a ciência é o progresso! Caminhemos, anexemos! Quando todos esses sentimentos estiverem catalogados, tendo cada um o seu modo de cura, o mundo será o Éden.

A ciência é o progresso!

— Mas, mestre, é o regime do terror da camisola de força!

— Muito mais eficaz que o da Detenção.

— Isso obrigará cada cidadão a ler e estudar os códigos das moléstias nervosas.

— Não há dúvida.

— De modo que o número de alienistas será enorme.

— Ah! Isso não, isso nunca. A psicopatia não é para toda a gente. Nós somos ciosos da nossa profissão...

E como eu risse, o célebre doutor concluiu:

— O ciúme quando é da profissão é respeito pela ciência.

E friamente despediu-me.

Saí do hospício desolado. Sim, no futuro, o progresso científico acabará com o ciúme à custa de duchas e banhos sedativos; no futuro, Otelo será um monstro, o assassinato por amor, o próprio horror; sim, no futuro, para a ciência, a semana de sangue, de incêndio, de paixão não ressurgirá. Mas, em compensação, outros sentimentos regulares, outros sentimentos denominados grandes estarão, talvez, mais trágicos, mais desesperadores, a estraçalhar a vida; os alienistas, fartos de achar doidos nas ruas, talvez se achem reciprocamente malucos. E assim irá o mundo, no esforço para o medíocre, para o mediano, sempre a arrebatar e a criar na terra a dor e os sentimentos intensos que fazem a vida, fazem o homem, são o reverso miserável desta enorme alegria de viver que todos nós sentimos.

E será esta decerto a "revanche" sentimental dos que se mataram durante a semana, contra os psicólogos frios tão cheios de censuras e de cálculos postiços que já consideram a dor de amar uma perturbação mental...

Publicada originalmente no jornal *O Paiz*, em 31 de março de 1918.

A HONESTIDADE DE ETELVINA, AMANTE...

— Por aqui? Temos decerto amor novo?

— Nem velho, meu caro amigo. Vim assistir ao espetáculo, como qualquer mortal. Sem outras intenções...

Era à porta de um teatro cheio de luzes e de gente. O cavalheiro que primeiro falara parecia contente; o outro era um desses rapazes em cuja face lemos o estouvamento, a estroinice, a violência impulsiva e que, apesar de tal gênio, a viver em paixões, conflitos, desesperos e pândegas, conservam muitos anos depois de homens o mesmo ar de rapazes. A natureza, mantendo essa ilusão, atenua talvez o chocante efeito que tais temperamentos produziriam, se o físico não correspondesse à leviandade barulhenta das opiniões.

— Vem assistir apenas ao espetáculo? Ainda bem. Assistiremos juntos. A melhor maneira de ouvir uma peça sempre foi conversar durante os atos e falar das atrizes nos intervalos.

— Claro!

Mas, nesse momento, o rapaz recuou e escondeu-se, positivamente escondeu-se por trás de um grupo de senhoras, que ameaçava a entrada. O cavalheiro voltou-se surpreso e viu que passava a correr a figurinha grácil da pequena atriz Etelvina Santos. Estava de vermelho, de aparência menina, ainda mais menina — o seu poder definitivo sobre as plateias de cá e de além-mar. Na face fina como modelada em porcelana, luziam-lhe os olhos entre sonsos e maliciosos; e ela toda parecia um *biscuit* antigo de Sèvres. Passou, aliás, numa rajada. A criada que a seguia era levada pela mesma ventania de pressa.

— Mentiroso!

— Por quê?

— Esse Gastão da Fonseca! Então não acabo de vê-lo esconder-se à passagem de Etelvina? Vão recomeçar os escandalosos amores? Compreendo que voltou a paixão!

— Não é verdade. Recuei para evitar cumprimentos.

— Zanga ou mágoa?

— Mal-estar apenas. Essa mulher é indecifrável.

— Como todas as mulheres!

— A Etelvina mais que as outras. Vivi com ela dois anos, e, quando a deixei, conhecia-a tanto como a primeira vez em que a vi. A esfinge de Gizé seria mais confidencial. Foi talvez por isso que ainda tentei uma nova análise. Depois abstenho-me. É desconcertante!

— Francamente...

— Faz outra ideia de Etelvina ?

— Meu caro Gastão. Conheço Etelvina há dez anos. Já nesse tempo ela parecia menina e tinha nove filhos. Os jornais comparavam-na a um *biscuit* e Etelvina cantava como um carriço, e fazia-se incompreendida dos apaixonados... Conheço-a! Você não pretende positivamente voltar a amá-la? Pois bem. A minha opinião é que Etelvina não passa de uma idiotinha, cheia de pretensões...

Gastão da Fonseca riu estrepitosamente.

— Era o que eu pensava, mas com erro! Até hoje não sei o que ela é! Se lhe contasse a nossa vida ficaria como eu...

— Conte, então.

— Perdemos o ato...

— Temos ainda quase um quarto de hora.

Gastão da Fonseca parecia desejoso de contar, porque sem transição continuou.

— Lembra-se do nosso namoro? Começou aqui no Rio. Mandava-lhe flores, ia à caixa, beijava-lhe a mão, que tremia. Etelvina estava com o ensaiador, um sujeito de nome Eusébio que também escrevia peças. As informações davam-na sempre fiel aos amantes. Era tão fiel, tão honesta, que não só ninguém se lembrava dos motivos por que mudara várias vezes de cavalheiro como até, creio bem, ninguém mais se lembrava desses homens. Etelvina era fiel, era honesta, perante os amantes que de secundários passavam a ser apenas o Amante, o mesmo, o geral. Não podia haver mais discussões! Vi que, no meu caso, Etelvina continuaria fiel ao Eusébio. De fato. A companhia partiu, sem que dela obtivesse nem um beijo. Quase esqueci o começo da aventura, posto conservasse pela Etelvina uma ponta de despeito raivoso...

— O Eusébio estava destinado a apanhar de ti algumas bengaladas!

— Não. Nem pensava no Eusébio, que me dera a impressão apagada de um boneco ou de um aio. Mas certa vez, a viajar pela Europa, fiquei algum tempo em Lisboa sem relações — de modo que frequentava assiduamente os cômicos conhecidos do Rio. Num dos teatros, onde amiúde entrava, era Etelvina quase estrela. Os cômicos portugueses são muito amáveis para os brasileiros em Lisboa. Abusei da minha importância. Insensivelmente recomecei a fazer a corte a Etelvina. E fosse por não ter o que fazer, fosse por aumentar o capricho, o certo é que fui alucinante. Estava onde ela estava, mandava-lhe flores e mimos desde pela manhã, escrevia-lhe cartas. Espantei mesmo a bengaladas dois apaixonados. Etelvina, entretanto, teimava em fingir tranquila indiferença.

Um dia, o Eusébio ensaiador atacado de gripe não foi ao ensaio. Aproximei-me e disse-lhe no fim: — "Espero-a à esquina, num *coupé* fechado". — "O Sr. está doido!" — "Tanto não estou que tenho a certeza de irmos tomar chá ao Tavares." — "Ao Tavares?" — "Tenho um gabinete reservado. Entramos pela porta dos fundos. Ninguém nos verá". — "Não vou!" — "Lembre-se de que não responderei pelos meus atos, se não vier!" — "Que fará?"— "Tudo! Até já!" Saí. Aluguei um *coupé*. Mandei arriar as cortinas. E fiquei a fumar dentro do *coupé*, certo de que fazia uma tolice e que ela não viria.

De fato, a princípio assim foi. Passaram artistas, coristas, o velho primeiro cômico que saía sempre por último, alguns carpinteiros... Já ia mandar o cocheiro tocar quando ela apareceu nervosa, hesitou, olhou para todos os lados, e precipitou-se no trem a chorar convulsivamente...

— Encantador!

— Quis abraçá-la. Recuou. Quis beijá-la. Ameaçou de descer. Esperei o gabinete vazio do Tavares, onde ninguém nunca se lembrara de tomar chá às cinco da tarde, mas onde eu pensava dominá-la — com *champagne* e amor. Ao saltar, Etelvina tremia como uma grande dama honesta na sua primeira entrevista criminosa. Quando no gabinete caí-lhe aos pés e repeti uma ardente declaração sempre de fulminante efeito, ela disse-me, encostada à mesa: — "Mediu bem o que vai fazer?". Respondi que era o seu escravo, incapaz de medir a extensão da minha felicidade. Ela murmurou: — "Bem". Depois sentou-se. Sentei-me também. Um instante rimos porque desastradamente o meu pulso a tremer inundou de espuma de *champagne* a toalha clara. E rindo aproximei mais o meu corpo. Etelvina afastou-se um pouco. Insisti. Ela afastou-se mais. Estava à beira da banqueta. Tentei mais um movimento e ela naturalmente pôs-se de pé, para partir. Eu, que até então conseguira conter-me, agarrei-a, prendi-lhe a cabeça, beijei-a furiosamente na boca. Ela debateu-se quase a gritar: — "Não! Não!". E, conseguindo desvencilhar-se, correra ao outro extremo do gabinete — "Etelvina!" — "Deixe-me, ou eu grito!" — "Mas é estúpido!" "Não posso! Abra a porta. Não posso!" — Esfregava o lenço na boca como se eu a tivesse maculado. Tive uma dessas cóleras lívidas que se exteriorizam pela pancada ou por um silêncio terrível. Abri a porta. Ela precipitou-se no estreito corredor, que tem visto coisas muito piores.

Um criado passava. Mandei abrir a outra porta, a da rua. Ela, sem um olhar, correu ao *coupé*, bateu a portinhola, e o trem rodou a toda a pressa pelo mau piso...

— Calculista a rapariga!

— Pensei erradamente assim. Ao pagar a conta a um criado que sorria, jurei profundo desprezo por todas as mulheres e por aquela em particular. Estava envergonhado, humilhado, e, temendo que alguém desconfiasse da minha triste aventura, fui ao teatro, conversei nos bastidores, acabei por convidar os dois primeiros cômicos para cear no Imperial uns pratos copiosos, regados a vinhos espessos. Estávamos em meio da ceia, quando vieram chamar-me. Fora, numa tipoia, esperava por mim, uma senhora. Corri. Era Etelvina. Tinha os olhos vermelhos de

chorar. — "Que é isso?" — "Entra!" — "Alguma desgraça. Viram-
-te?" O meu ódio desaparecia diante daquela dor. — "Entra!" —
"Mas que há?" — "Não posso falar aqui." — "Para onde queres
ir?" — "Para tua casa!" — "Não tenho casa." — "Para o teu quarto,
então." — "Seja!?" Dei a direção. A tipoia rodou. Ela rompeu em
choro. — "Mas conta, rapariga. Se ninguém morreu ainda, não
há nada perdido. Que há?" Ela olhou-me: — "Gastão, deixei o
Eusébio para sempre! Eu não sou mulher que engane o homem
com quem está. Eusébio ama-me. Eu já não o amo. Seria entretanto indigna se o enganasse. Depois do seu beijo, ao voltar a
casa, não tive mais coragem de o encarar." — "Mas recusaste o
beijo..." — "Sim. É porém superior às minhas forças. Não o posso
ver. Lutei todo este tempo em vão. Acabei por escrever-lhe uma
carta, contando-lhe tudo!" — "Tu fizeste isso?" — "Fiz, fui franca,
disse-lhe que vinha para a tua companhia... Amanhã mandarei
buscar as malas. Pronto! Esqueçamos..."

Passou o lenço nos olhos, alisou os cabelos, como quem
volta de uma dor tremenda. — "E tua filha?", indaguei atônito. —
"Fica com o Eusébio. Se não a quiser, mando-a a viver com a
mãe na minha casa do Lumiar, onde estão os outros". — "E o
Eusébio? Acabou!..." Encolhido no fundo da tipoia eu não pensava, sentia apenas um vago horror, uma incompreensão dolorosa. Ela continuou: — "A não ser que a tua simpatia fosse
brincadeira e que receies alguma coisa..." — "Eu não receio nada!"
— "Nesse caso, tratarei só da minha vida..."

Senti que qualquer palavra seria inútil. O melhor era crer na
fatalidade. Procurei-lhe a cinta. As minhas mãos trêmulas ta-
tearam o seu corpo. Ela caiu-me sobre o peito, com a boca na
minha boca, de tal modo que quando chegamos à casa onde eu
tinha um quarto, os nossos desejos ardiam. Foi ela quem falou,

com voz macia e íntima: — "Chegamos. Salta..." Saltei, e ia dar-lhe a mão, quando vi erguer-se da porta um vulto. Pus a mão no revólver. O vulto era Eusébio com uma criança nos braços...

— Puro melodrama, caro Gastão!

— E tão verdade como estas senhoras que entram para o teatro!

— A verdade é sempre inacreditável. Mas continue...

— A minha surpresa foi tanta que fiquei sem movimento. O pobre homem falou: — "Atire, se quiser. Pouco me importa a vida. Matar-me será entretanto um crime inútil. Não vim agredir. Vim pedir. Vim com esta criança. O senhor é homem. Talvez não saiba que esta mulher é a mãe de minha filha, a única pessoa que eu amo, a razão de ainda existir este coitado que vê a chorar. Seja generoso. Eu amo Etelvina. O senhor por enquanto não pode ter senão capricho. Nunca pensei que ela me abandonasse. Tão honesta! Estou perdido, estou desgraçado. Tenha dó de mim. Dê-ma...". Tremia. Grossas lágrimas afundavam-se-lhe pela bigodeira melancólica. E, entre soluços, a sua voz repetia: "Tenha dó..."

Olhei Etelvina, irrevogável e má como um anjo. Que responder? Responder quando não sabia o que devia fazer, quando o meu coração batia de orgulho, de pena, de nojo, de medo, quando a minha razão oscilava! Fiz um esforço e senti-me hediondamente ridículo a dizer estas breves palavras: — "Como deve saber, não mando na Sra. D. Etelvina. Ela fará o que entender. Submeto-me à vontade dela". Meti a chave no trinco. Eusébio erguera a petiza, implorando: "Etelvina, olha a tua filha! Vem comigo. Morro se me abandonas...". Etelvina estava de mármore. Apenas, aberta a porta, murmurou: — "Eu não mudo de proceder, Eusébio. Adeus. Amanhã estarás melhor. Agasalha a pequena — Vamos, Gastão..."

A porta fechou-se. Enquanto subíamos as escadas, íamos como pisando nos ais do pobre homem embaixo. — "Etelvina! Etelvina!" — gania a criatura. Agarrada a mim, na treva, Etelvina tinha as mãos de gelo. Desgraçadamente tenho visto comigo, que não sou melhor nem pior que os outros homens, o efeito desastroso do choque dos preconceitos sociais sobre a nossa animalidade. Eu era abjeto. Aquela criatura que se agarrava a mim era refinadamente miserável. Abandonara a filha, deixara um homem a soluçar, por outro a quem não podia ainda amar e que ainda não a amava. E apesar de tudo, talvez por tudo, o desejo como uma alucinação queimava-nos. No meu quarto era impossível falar. A vizinhança protestaria. Se tivéssemos falado, talvez nos contivéssemos. As palavras fizeram-se para desvirtuar a vida... Calados, ela tremia, eu tremia. Rolamos no leito. Foi a noite de mais exasperado prazer que conheci...

— Cáspite!

— Fiquei preso. Podia dizer-lhe, para fazer literatura, que ficara no desejo de decifrar o monstro. Não. Vinte e quatro anos, idade em que os homens tanto se importam com a psicologia das mulheres como com a sua certidão de idade. Também não era amor. Fiquei simplesmente porque ela se fazia carinho, ternura, o dia inteiro. Fiquei por sensualidade. Nunca lhe vi os filhos e a mãe. Ela achava inútil. Nunca perguntei quantos anos tinha. Obedecia-me de tal modo que eu era muito mais velho sempre. E quanto à ordem, à dedicação — que dona de casa e que esposa! Falava pouco. Nunca me fez uma cena. Eu era o seu Deus. Esperava-me quando mandava que esperasse; dormia quando não lhe dizia nada. Macia, silenciosa, boa. Para comprar-lhe um vestido, tinha de zangar-me. Ela própria os transformava. Fazíamos economias. Dei-lhe certa vez um anel. Pois chorou!...

— E o Eusébio?

— Ah! é verdade! O Eusébio... Enquanto existiu, manteve na nossa união um ar de delírio. Imagine você que o Eusébio ia para o teatro com a pequena. O teatro inteiro censurava Etelvina. Etelvina amimava a filha como se amima a filha de um conhecido, e não falava ao Eusébio. Levava de capricho. O pobre-diabo exibia demais a desgraça. Deu mesmo para o fim em ir cear com a pequena, que poderia ter nesse tempo pouco mais de um ano. Ficava bêbado debruçado sobre as mesas, enquanto a criancinha dormia nas banquetas. Um horror!

— Isso não os envergonhava?

— Exasperava-nos. Era uma raiva... Quando o Eusébio, doente do peito, subiu para a Serra da Estrela, deixando a filha com a avó, é que notei a normalização da nossa vida. Acordávamos tarde. Almoçávamos. Ela saía para o ensaio. Eu às vezes ia levá-la. De outras ia conversar aos cafés. Voltávamos a jantar. Ríamos, contávamo-nos mutuamente o nosso dia. Era bom. Depois ela ia para o teatro e eu aparecia a buscá-la, indo mesmo cear com camaradas. Passamos assim ano e meio. Devia ser por toda a vida! Ao cabo dessa maravilha de temporada, recebi uma carta anônima, assegurando que Etelvina entrava em francos colóquios com um jovem cômico, o Justino.

— Desagradável...

— Não sei se era verdade. No momento perdi a cabeça, lembrei o Eusébio, a minha felicidade. Corri ao teatro. A um canto Etelvina justamente conversava com o Justino. Atirei-me vomitando impropérios e ali mesmo espanquei o cômico. Houve pânico, gritaria, sangue, portas fechadas. Toda a companhia berrava, ameaçando-me. Eu sacudia furioso a bengala. Só Etelvina, branca e impassível, assistia à cena. Fiquei louco de ira.

Agarrei-a pelo braço, levei-a aos encontrões até à rua, atirei-a num trem que passava, e, durante a corrida, insultei-a. Insultei-a de desespero, porque ela sem dizer palavra olhava fixamente a ponta dos botins, distante de mim, cada vez mais distante à proporção que os meus insultos cresciam. Ao chegarmos à casa subiu rápida. "Vai fechar-se no quarto e chorar", pensei. Mas, quando cheguei acima, Etelvina estava na sala de jantar, de luvas, de chapéu, com uma pequena valise na mão. — "Temos cena?", indaguei colérico... — "Sabes bem que não faço cenas. Tomei apenas uma resolução irrevogável." — "Qual?" — "Parto!" — "Estás louca." — "Cometeste um ato indigno. Desmoralizaste-me diante da companhia." — "Minha querida, nada de farsas. O Justino, esse canalha, já dava que falar até aos anônimos. Olha esta carta! Conheço-te." — "Deves pois saber que não é meu costume enganar o homem com quem vivo. Quando a harmonia cessa, desapareço." — "Olha que eu não sou o Eusébio." — "Não, porque o Eusébio nunca me insultou!" — "Etelvina, não me enfuries!" — "Farei o possível. O senhor duvida de mim; o senhor espancou um pobre rapaz; o senhor insultou-me, dando-me nesse tremendo escândalo como amante de outro. Não podemos viver juntos, para a sua própria dignidade. Seja feliz!" — "Vais ter com ele, como fizeste comigo quando deixaste o Eusébio?" Ela voltou-se lívida: — "Juro-lhe que não pensava nesse homem; juro-lhe que não serei sua amante. Vou de aqui para a casa de minha mãe." Dei uma gargalhada de desafio: — "Pois até a vista!" — "Adeus, Gastão..." Ao vê-la sair, esperei um instante, por orgulho, por vaidade. Depois, sentindo o desastre, atirei-me com vontade de espancá-la, de pedir-lhe perdão e ao mesmo tempo certo do irremediável. Desci, chamei. Já não estava. Corri ao Lumiar, à casa onde tinha a mãe. Não aparecera. Fui ao teatro, sem saber o que ia fazer. Etelvina representava. A minha entrada tinha sido proibida na caixa e vinham a mim o vice-cônsul do Brasil e um senhor amável. Etelvina reclamara garantias à segurança e mandara um bilhete ao vice-cônsul. Aquele senhor amável era da polícia. O vice-cônsul aconselhava-me...

Fiz um enorme esforço para conservar uma certa linha de distinção. Como as mulheres humilham! Com que rapidez aquela criatura me reduzia de amante a desordeiro inconveniente. Disse algumas palavras de ironia que as duas autoridades ouviram a sorrir com receosa piedade. O vice-cônsul convidou-me para dormir na sua residência. Era solteiro. Conhecia a vida... Devia ser doloroso ver um lar vazio...

Fui. Não dormi à noite. Pela manhã, saí. Era evidentemente acompanhado por um polícia secreto. Entrei na minha casa. A impressão foi a de quem revê cenários depois da representação da peça. Estive enojado alguns momentos — não dela, mas do meu ato. Abri as gavetas, li cartas. Todas as cartas de minha família mostravam susto pela minha demora. Deixei os criados atônitos, fui de caminho a uma agência de leilões e à agência de vapores. — Oito dias depois embarcava para o Rio. Antes informara-me dela. Não estava com o Justino. Escrevi-lhe uma carta pedindo-lhe perdão. E até a hora de embarcar esperei a resposta...

— É sempre triste o fim.

— Esse foi lamentável. Tanto mais quanto, perdendo-a, livre da sedução, a curiosidade tornara-se enorme. Eu desejava conhecer o coração daquela mulher, saber ao certo o que ela pensava, o que ela sentia. Há um ano, ela reapareceu no Rio numa companhia de operetas. A pretexto de abraçar os amigos fui a bordo.

Etelvina ia desembarcar com o seu novo amante, o segundo tenor, um sujeito bexigoso, que tinha anéis em todos os dedos das mãos. Olhou-me calma. Não me cumprimentou. Era como se nunca nos tivéssemos visto. Fiquei de novo irritado. Mas o procedimento dela fora de tal ordem que eu, o violento, o estouvado, eu sentia a timidez de um rapazola, a vergonha de qualquer ato, menos polido. Assim, em vez de atacá-la, de ter uma explicação, voltei a ter uma frisa permanente no teatro, a mandar-lhe diariamente flores, a ser de novo o namorado! Quando estava nesse ridículo, pensava: — "Ela deve ficar agradecida. O meu romantismo sobrepujará o estúpido tenor!" Ela continuava de gelo. Da sua permanente impassibilidade nasceu a pouco e pouco a minha irritação. Comecei a encarar o tenor com insolência, a rir da sua voz... O tenor pareceu ter medo. Fiquei mais insolente e resolvi ir à caixa. Note você que não era paixão. Era despeito só talvez...

— Compreendo.

— Não ria. Despeito ou paixão, o certo é que eu ameaçava explodir. E na minha terra não haveria autoridades que obstassem uma campanha desagradável ao pobre tenor e àquela impertinente mulherzinha... Pois estava eu assim uma noite e entrava na caixa durante o intervalo, quando vi o tenor desaparecer no camarim e a Etelvina vir a mim com a maior calma: — "Boa noite, Gastão!" Senti-me desarticulado: — "Afinal, falou-me, grande ingrata!" — "Ó homem, não falava porque você não me cumprimentava. Os cavalheiros saúdam sempre primeiro... Depois, julguei que tivesse o pouco senso de não me ter dado razão no nosso rompimento..." — "Não houve rompimento da minha parte." — "Ainda bem. Foi uma terminação só..."

Depois, sem transição, levou-me naturalmente pelo fundo do palco, o braço enfiado no meu. E baixo, amigável, carinhosamente: — "Fez você bem em vir cá ao palco. Tenho de lhe falar. É aliás um pedido. Gastão, que brincadeira é essa? Por que me persegue você?" — "Eu?" — "Como criançada, creio, já basta! Como cavalheiro, o Gastão nunca teria repetido tal pilhéria, se pensasse no que faz!" — "Ora!" — "Antes, bem. Mas agora, depois de um bom momento que passou e não poderá jamais voltar!..." — "Por quê?" — "Gastão, para que frases inúteis? O encanto rompeu-se. Sabe bem. Nem eu nem você poderíamos recomeçar senão para mutuamente nos odiarmos. Depois, não quero, não recomeço nunca. É estupidez querer fazer novo um copo que quebrou..." Fiquei um momento calado, como criança teimosa que ainda insiste: — "Mas eu gosto tanto de você..." — "Estamos a falar sério." — "Mas podia ser só uma vez mais..." — "Que tolice, Gastão!" — "Creio que não ama o tenor bexigoso?" — "Para você basta dizer que o respeito. Quereria que eu fizesse contra você o que me propõe contra ele? De resto é mesmo a seu respeito que desejaria falar. O rapaz tem sofrido com os seus modos, Gastão. Isso é tão triste para um homem como você... Pediu-me até para falar-lhe. Conto com um favor seu. Deixe-se de disparates de conquistas, seja camarada de quem nunca lhe deu um desgosto. Ao menos. O que foi foi — passou. Nunca, em hipótese alguma, torno a ser sua amante — Não envenene a minha vida. Seja gentil, seja amigo. Posso contar..." Olhei-a imenso tempo. Depois disse: — "É esquisita a valer." — "Não, sou honesta." — "É uma explicação." — "Não, é a verdade. Eu fui e continuo a ser sempre honesta." Curvei-me: — "Será satisfeita, Etelvina..."

Deixei a caixa e nunca mais voltei ao teatro. Sinto uma sensação indecifrável quando a vejo. Como não consegui compreendê-la, evito os cumprimentos, o mal-estar das saudações...

Houve um silêncio. O outro cavalheiro perguntou, como continuando:

— Agora, porém, parece-me que ela não veio com o tenor?

— Não, está com o secretário da companhia e já esteve com um jornalista.

— Cada vez mais menina e mais honesta?...

— Tal qual como comigo, com o Eusébio, os anteriores e de certo os futuros...

O cavalheiro pensou.

— De aí talvez seja um gênero. Honestidade é uma questão de interpretação. No fundo, Etelvina não tem vício porque só ama um de cada vez; é digna porque tem a lealdade de não enganar aquele com quem está; é mulher porque não gosta só de um para toda a vida. Quanto a honestidade, de fato ninguém pode dizer que não é das mais honestas. Talvez de um modo singular. Honesta por partidas, honesta sucessivamente...

Mas no saguão do teatro as campainhas retiniam. O cavalheiro riu com deleite da sua frase. Quanto a Gastão da Fonseca não riu, talvez por não ter ouvido. Estava preocupado, à procura da cadeira. A honestidade, sucessiva ou absoluta, aparente ou real, é das qualidades que na mulher mais interessam ao homem. Porque quando a possui, o homem vive na preocupação de vê-la roubada pelos outros, e quando a vê com os outros, só pensa em corrompê-la...

Dividido em dois episódios, esse conto foi publicado na revista *Atlântida,* nº 9 (Lisboa, 15 de julho de 1916) e *Atlântida*, nº 10 (Lisboa, 15 de agosto de 1916). Posteriormente, foi inserido na coletânea *A mulher e os espelhos* (Lisboa, Portugal-Brasil, 1919).

HISTÓRIAS DO MOMENTO

O BRASIL LÊ	220
NO MUNDO DOS FEITIÇOS – OS FEITICEIROS	226
OS SATANISTAS	238
OS SPORTS – O FOOT-BALL	248
O BARRACÃO DAS RINHAS	254
SENSAÇÕES DE GUERRA	262

O BRASIL LÊ

Essa afirmação solene será para muita gente inacreditável.

O Brasil lendo! Isso lá é possível, quando os seus escritores ainda o pintam de tacape e flecha e o Antoine carapeta a nossa desmoralização para meia dúzia de menos interessantes? Pois, senhores, não há dúvida. Os livreiros o dizem. O Brasil lê. Há alguns dias, sabendo como se sabe, a crise do livro não só na França, como na Itália, na Espanha e em outros países, tivemos a feliz ideia — uma ideia patriótica por estes tempos que correm! — de interrogar os nossos livreiros, os nossos alfarrabistas, de abrir uma devassa em regra pelas casas de livros, a saber se lemos mais ou se lemos menos. Lemos muito mais, apenas depois da República e principalmente depois do ministério Murtinho, do *funding-loan* e da melhora do câmbio! Nunca o Dr. Joaquim Murtinho pensou que protegia a nossa educação no Ministério da Fazenda. E, entretanto, um fato hoje provado pela estatística e pela burra dos livreiros...

Começamos o nosso inquérito pelos alfarrabistas, as casas da Rua de São José, General Câmara e outras. Cada proprietário recebeu-nos a princípio vincando a face feliz de uma ruga convencional.

— Qual! as cousas vão mal!

— Mas o valor do livro aumentou.

— Muito.

— Que vendem mais?

— Livros escolares, manuais adotados nas escolas superiores.

— Mais do que no tempo da monarquia?

— Muito mais: aumenta de ano para ano.

— E os livros científicos?

Esses livros, como as brochuras francesas, estudos sociais, artigos de combate, volumes de crítica, têm grande procura. O romance e o verso não se vendem tanto. Depois do naturalismo, isto é, depois que Zola entrou a fazer os massudos volumes dos *Quatro evangelhos* e das *Três cidades*, e que a poesia começou a delirar com o esquisito Mallarmé, o povo teme os romancistas e poetas, deixa as pilhas dos livros de Zola, outrora colossalmente vendáveis, e só lê gente de nome reconhecido e firmado.

Em cada brochura os alfarrabistas ganham o duplo do que pagaram, às vezes mais, e como a base do seu negócio é o livro didático, esse comércio é um simples acréscimo. Um deles nos dá curiosos dados das nossas correntes espirituais. Na Rua de São José, o Brasil lê mais francês de ano para ano nas classes cultas, ama muito mais os romancistas antigos, o Camilo, o Alencar, o Macedo, ainda perde a cabeça com Castro Alves e Fagundes Varela e é cada vez mais católico e mais comtiano. Os livros espiritualistas modernos são procuradíssimos; a obra de Augusto Comte é das mais citadas, e a procura aos livros que perfazem a biblioteca positivista torna-se uma verdadeira *hantise*[1]. Alguns já têm uma lista e a sabem de cor.

Vamos dos alfarrabistas aos livreiros de primeira ordem. Todos hoje têm instalações magníficas, vastos edifícios modernos e pomposos. A última casa a reformar-se foi a dos Srs. Briguiet & C.

Entrar num desses vastos *halls*, cheios de movimento, com caixeiros a correr apressados, caixões de livros a abrirem-se, e uma pletora de vida evidente, para perguntar se o negócio rende — é quase ousadia. Perguntamos entretanto. A casa Alves, num prédio magnífico, fornece livros didáticos em porções para os Estados, para as escolas oficiais. A venda é magnífica, acrescida pela venda diária de obras adotadas pelas academias e de livros portugueses editados por Lello & Irmão, cujo direito de propriedade é seu. À nossa pergunta respondem:

— O Brasil estuda cada vez mais!

Estuda! Apesar dos exames escandalosos, da ignorância proclamada!...

É crível? Os livreiros, porém, examinam as contas e veem que as suas edições são muito maiores e muito mais contínuas que há dez anos.

A casa Briguiet é da mesma opinião. O seu comércio todo de livros estrangeiros aumentou este ano não só em literatura, como em obras científicas, estudos de engenharia, de direito, de filosofia.

— Não há público que mais acompanhe o movimento intelectual francês, e que assimile com tanta facilidade. Depois do sucesso de Annunzio, estabeleceu-se uma corrente pela literatura italiana. Hoje, a *élite* está a par do movimento literário

---

1 Obsessão.

italiano, lê os seus romances, os seus poetas e as suas revistas e a conhece melhor que Paris.

No Laemmert, que tem duas filiais em São Paulo e Pernambuco, repete-se a agradável resposta. A procura pelo livro científico em francês, em alemão, em italiano é grande. Trata-se mesmo de literatura brasileira.

— Quando a imprensa fala, o livro vende-se; esgota-se uma edição de mil exemplares... A casa tem editado romances, contos, aceita-os mesmo, sem grande trabalho...

Ainda emocionados com a revelação, paramos na Garnier. Eram quatro horas da tarde e a essa hora, na livraria, há sempre a roda seleta dos espirituais já proclamados ou ainda por isso. Apesar do movimento, o amável Jacintho presta-nos a atenção, e é por ele que obtemos informações completas.

O Brasil lê como nunca leu. O interesse é antes de tudo geral pelas coisas atuais, políticas e palpitantes. A venda dos jornais e revistas nunca foi feita como de há dous anos para cá. É um paroxismo. As livrarias já não chegam. Há agências especiais. Se for a qualquer delas verá o lucro bárbaro. As revistas italianas, francesas, espanholas têm uma extração formidável. Isso bastaria para atestar que o interesse pela leitura centuplicou. A base porém é a venda do livro didático. Esta casa tem como lucro das edições de livros nacionais o livro didático.

Vende-se cada vez mais.

— E o livro estrangeiro?

A tendência é para os estudos sociais, para os estudos fisiológicos, para as monografias rápidas que instruem. Livros de idealização, romance ou poesia, só com a *réclame* estrangeira. O Brasil recebe a maioria desses romances, antes de eles aparecerem em Paris, mas naturalmente acompanha o gosto da

Cidade Luz. É enorme a voracidade dos brasileiros para os livros que cheiram a carne, que contam nudezes de perversidades sexuais. O Willy, o Jean Lorrain, são dos mais lidos hoje. Para satisfazer a fome insaciável mandamos buscar o livro com fotografias, os *albuns*, as literaturas mórbidas... Os escritores conhecidos continuam porém tendo grande venda, e manda-se buscar teatro, peças, críticas...

A impressão é de um povo que quer aprender e saber logo o que se passa hoje.

— E quanto aos nossos livros?

— Só duas edições esgotaram-se este ano. As *Poesias* de Olavo Bilac e a *Canaã* de Graça Aranha. Tudo o mais é uma dificuldade. Os escritores já vão se compenetrando que só mesmo uma livraria pode difundir sua obra e vendê-la nem que seja aos poucos. Um deles zangou-se há tempos, editou por conta própria. Três meses depois dizia-me que não pudera vender nem um exemplar. Nós mandamos para os estados...

O público prefere a literatura estrangeira, desconfia dos novos, só quer aceitar traduções. Os velhos, como os novos dizem, Aluísio e outros estão nas reedições. Em resumo: o Rio civiliza-se, é internacional, poliglota. O Brasil lê vinte vezes mais do que há dez anos.

Podemos ficar tranquilos pois! As livrarias levantam palácios cheios de papel, Garnier tem 40 milhões e edita os nossos livros grátis, o público lê mais vinte vezes e interessa-se pelo que se passa neste mundo de Deus. Só os poetas podem dizer hoje, com verdade e mágoa no Brasil:

— Para que escrever? Ninguém lê...

O resto lê tanto que não tem tempo para mais nada.

Publicada originalmente na *Gazeta de Notícias*, em 26 de novembro de 1903.

NO MUNDO DOS FEITIÇOS – OS FEITICEIROS

Antônio é como aqueles adolescentes africanos de que fala o escritor inglês. Os adolescentes sabiam dos deuses católicos e dos seus próprios deuses, mas só veneravam o uísque e o *schilling*.

Antônio conhece muito bem N. Sra. das Dores, está familiarizado com os orixalás da África, mas só respeita o papel-moeda e o vinho do Porto. Graças a esses dous poderosos agentes, gozei da intimidade de Antônio, negro inteligente e vivaz; graças a Antônio, conheci as casas das Ruas de São Diogo, Barão de São Félix, Hospício, Núncio e da América, onde se realizam os candomblés e vivem os pais de santo. E rendi graças a Deus, porque não há decerto, em toda a cidade, meio tão interessante.

— Vai V. Sa. admirar muita coisa! — dizia Antônio a sorrir; e dizia a verdade.

Da grande quantidade de escravos africanos vindos para o Rio no tempo do Brasil Colônia e do Brasil Monarquia, restam uns mil negros. São todos das pequenas nações do interior da África, pertencem ao ijexá, oié, egbá, aboum, hauçá, itaqua, ou se consideram filhos dos ibouam, ixáu, jeje e cambindas. Alguns ricos mandam a descendência brasileira à África para estudar a religião, outros deixam como dote aos filhos cruzados daqui os mistérios e as feitiçarias. Todos, porém, falam entre si um idioma comum: — o eubá.

Antônio, que estudou em Lagos, dizia:

— O eubá para os africanos é como o inglês para os povos civilizados. Quem fala o eubá pode atravessar a África e viver entre os pretos do Rio. Só os cambindas ignoram o eubá, mas esses ignoram até a própria língua, que é muito difícil. Quando os cambindas falam, misturam todas as línguas... Agora os orixás e os alufás só falam o eubá.

— Orixás, alufás? — fiz eu, admirado.

— São duas religiões inteiramente diversas. Vai ver.

Com efeito. Os negros africanos dividem-se em duas grandes crenças: os orixás e os alufás.

Os orixás, em maior número, são os mais complicados e os mais animistas. Litólatras e fitólatras, têm um enorme arsenal de santos, confundem os santos católicos com os seus santos, e vivem a vida dupla, encontrando em cada pedra, em cada casco de tartaruga, em cada erva, uma alma e um espírito. Essa espécie de politeísmo bárbaro tem divindades que se manifestam e divindades invisíveis. Os negros guardam a ideia de um Deus absoluto como o Deus católico: Orixá-alúm. A lista dos santos é infindável. Há o Orixalá, que é o mais velho; Oxum, a mãe d'água doce; Iemanjá, a sereia; Exu, o diabo, que anda sempre detrás da porta; Sapanã, o Santíssimo Sacramento dos católicos; o Iroco, cuja aparição se faz na árvore sagrada da gameleira; o Gunocô, tremendo e grande; o Ogum, São Jorge ou o deus da guerra; a Dadá, a Orainha, que são invisíveis, e muitos outros, como o santo do trovão e o santo das ervas. A juntar a essa coleção complicada, têm os negros ainda os espíritos maus e os Eledás ou anjos da guarda.

É natural que para corresponder à hierarquia celeste seja necessária uma hierarquia eclesiástica. As criaturas vivem em poder do invisível e só quem tem estudos e preparo pode saber o que os santos querem. Há por isso grande quantidade de autoridades religiosas. Às vezes encontramos nas ruas negros retintos que mastigam sem cessar. São babalaôs, matemáticos geniais, sabedores dos segredos santos e do futuro da gente; são babás que atiram o endilogum; são babaloxás, pais de santos veneráveis. Nos lanhos da cara puseram o pó da salvação e na boca têm sempre o obi, noz-de-cola, boa para o estômago e asseguradora das pragas.

Antônio, que conversava dos progressos da magia na África, disse-me um dia que era como Renan e Shakespeare: vivia na dúvida. Isso não o impedia de acreditar nas pragas e no trabalhão que os santos africanos dão.

— V. Sa. não imagina! Santo tem a festa anual, aparece de repente à pessoa em que se quer meter e esta é obrigada logo a fazer festa; santo comparece ao juramento das Iauô e passa fora, do Carnaval à Semana Santa; e logo quer mais festa... Só descansa mesmo de fevereiro a abril.

— Estão veraneando.

— No Carnaval os negros fazem ebó.

— Que vem a ser ebó?

— Ebó é despacho. Os santos vão todos para o campo e ficam lá descansando.

— Talvez estejam em Petrópolis.

— Não. Santo deixa a cidade pelo mato, está mesmo entre as ervas.

— Mas quais são os cargos religiosos?

— Há os babalaôs, os açobá, os aborés, grau máximo, as mães-pequenas, os ogãs, as ajibonãs...

A lista é como a dos santos, muito comprida, e cada um desses personagens representa papel distinto nos sacrifícios, nos candomblés e nas feitiçarias. Antônio mostra-me os mais notáveis, os pais de santo: Oluou, Eruosaim, Alamijô, Adé-Oié, os babalaôs Emídio, Oloô-Tetê, que significa treme-treme, e um bando de feiticeiros: Torquato Requipá ou fogo para-chuva, Obitaiô, Vagô, Apotijá, Veridiana, Crioula Capitão, Rosenda, Nosuanan, a célebre Chica de Vavá, que um político economista protege...

— A Chica tem proteção política?

— Ora se tem! Mas que pensa o senhor? Há homens importantes que devem quantias avultadas aos alufás e babalaôs, que são grau 32 da Maçonaria.

Dessa gente, poucos leem. Outrora ainda havia sábios que destrinçavam o livro sagrado e sabiam por que Exu é mau — tudo direitinho e claro como água. Hoje a aprendizagem é feita de ouvido. O africano egoísta, pai de santo, ensina ao aboré, às iauôs, quando lhes entrega a navalha, de modo que não só a arte perde muitas das suas fases curiosas como as histórias são adulteradas e esquecidas.

— Também agora não é preciso saber o Saó Hauin. Negro só olhando e sabendo o nome da pessoa pode fazer mal, diz Antônio.

Os orixás são em geral polígamos. Nessas casas das ruas centrais de uma grande cidade, há homens que vivem rodeados de mulheres, e cada noite, como nos sertões da África, o leito dos babaloxás é ocupado por uma das esposas. Não há ciúmes, a mais velha anuncia quem a deve substituir, e todas trabalham para a tranquilidade do pai. Oloô-Tetê, um velho que tem 90 anos no mínimo, ainda conserva a companheira nas delícias do himeneu, e os mais sacudidos transformam as filhas de santo em huris de serralhos.

Os alufás têm um rito diverso. São maometanos com um fundo de misticismo. Quase todos dão para estudar a religião, e os próprios malandros que lhes usurpam o título sabem mais que os orixás.

Logo depois do *suma* ou batismo e da circuncisão ou *kola*, os alufás habilitam-se à leitura do Alcorão. A sua obrigação é o *kissium*, a prece. Rezam ao tomar banho, lavando a ponta dos dedos, os pés e o nariz, rezam de manhã, rezam ao pôr do sol. Eu os vi, retintos, com a cara reluzente entre as barbas brancas, fazendo o aluma gariba, quando o crescente lunar aparecia no céu. Para essas preces, vestem o abadá, uma túnica branca de mangas perdidas, enterram na cabeça um filá vermelho, donde pende uma faixa branca, e, à noite, o *kissium* continua, sentados eles em pele de carneiro ou de tigre.

— Só os alufás ricos sentam-se em peles de tigre, diz-nos Antônio.

Essas criaturas contam à noite o rosário ou teçubá, têm o preceito de não comer carne de porco, escrevem as orações numas tábuas, as atôs, com tinta feita de arroz queimado, e jejuam como os judeus quarenta dias a fio, só tomando refeições de madrugada e ao pôr do sol.

Gente de cerimonial, depois do *assumy*, não há festa mais importante como a do ramadã, em que trocam o *saká* ou presentes mútuos. Tanto a sua administração religiosa como a judiciária estão por inteiro independentes da terra em que vivem.

Há em várias tribos vigários-gerais ou ladanos, obedecendo ao lemano, o bispo, e a parte judiciária está a cargo dos alikalis, juízes, *sagabamo*, imediatos de juízes, e *assivajiú*, mestre de cerimônias.

Para ser alufá é preciso grande estudo, e esses pretos que se fingem sérios, que se casam com gravidade, não deixam também de fazer *amuré* com três e quatro mulheres.

— Quando o jovem alufá termina o seu exame, os outros dançam o *opasuma* e conduzem o iniciado a cavalo pelas ruas, para significar o triunfo.

— Mas essas passeatas são impossíveis aqui, brado eu.

— Não são. As cerimônias realizam-se sempre nas estações dos subúrbios, em lugares afastados, e os alufás vestem as suas roupas brancas e o seu gorro vermelho.

Naturalmente Antônio fez-me conhecer os alufás:

Alikali, o lemano atual, um preto de pernas tortas, morador à Rua Barão de São Félix, que incute respeito e terror; o Chico Mina, cuja filha estuda violino; Alufapão, Ojó, Abacajebu, Ginjá, Manê, brasileiros de nascimento, e outros muitos.

Os alufás não gostam da gente de santo a que chamam *auauadó-chum*; a gente de santo despreza os bichos que não comem porco, tratando-os de malês. Mas acham-se todos relacionados pela língua, com costumes exteriores mais ou menos idênticos e vivendo da feitiçaria. Os orixás fazem sacrifícios, afogam os santos em sangue, dão-lhes comidas, enfeites e azeite de dendê.

Os alufás, superiores, apesar da proibição da crença, usam dos *aligenum*, espíritos diabólicos chamados para o bem e o mal, num livro de sortes marcado com tinta vermelha, e alguns, os maiores, como Alikali, fazem até *idams* ou as grandes mágicas, em que, a uma palavra cabalística, a chuva deixa de cair e obis aparecem em pratos vazios.

Antes de estudar os feitiços, as práticas por que passam as iauôs nas camarinhas e a maneira dos cultos, quis ter uma impressão vaga das casas e dos homens.

Antônio levou-me primeiro à residência de um feiticeiro alufá. Pelas mesas, livros com escrituras complicadas, ervas, coelhos, esteiras, um cálamo de bambu finíssimo.

Da porta o guia gritou:

— Salamaleco.

Ninguém respondeu.

— Salamaleco!

— Maneco Lassalama!

No canto da sala, sentado numa pele de carneiro, um preto desfiava o rosário, com os olhos fixos no alto.

— Não é possível falar agora. Ele está rezando e não quer conversar. Saímos, e logo na rua encontramos o Chico Mina. Este veste, como qualquer de nós, ternos claros e usa suíças cortadas rentes. Já o conhecia de o ver nos cafés concorridos, conversando com alguns deputados. Quando nos viu, passou rápido.

— Está com medo de perguntas. Chico gosta de fingir.

Entretanto, no trajeto que fizemos do Largo da Carioca à Praça da Aclamação, encontramos, afora um esverdeado discípulo de Alikali, Omancheo, como eles dizem, duas mães de santo, um velho babalaô e dois babaloxás.

Nós íamos à casa do velho matemático Oloô-Tetê.

As casas dos minas conservam a sua aparência de outrora, mas estão cheias de negros baianos e de mulatos. São quase sempre rótulas lôbregas, onde vivem com o personagem principal cinco, seis e mais pessoas. Nas salas, móveis quebrados e sujos, esteirinhas, bancos; por cima das mesas, terrinas, pucarinhos de água, chapéus de palha, ervas, pastas de oleado onde se guarda o opelé; nas paredes, atabaques, vestuários esquisitos, vidros; e no quintal, quase sempre jabutis, galinhas pretas, galos e cabritos.

Há na atmosfera um cheiro carregado de azeite de dendê, pimenta-da-costa e catinga. Os pretos falam da falta de trabalho, fumando grossos cigarros de palha. Não fosse a credulidade, a vida ser-lhes-ia difícil, porque em cada um dos seus gestos revela-se uma lombeira secular. Alguns velhos passam a vida sentados, a dormitar.

— Está pensando! — dizem os outros.

De repente, os pobres velhos ingênuos acordam, com um sonho mais forte nessa confusa existência de pedras animadas e ervas com espírito.

— Xangô diz que eu tenho de fazer sacrifício!

Xangô, o deus do trovão, ordenou no sono, e o opelé, feito de cascas de tartaruga e batizado com sangue, cai na mesa enodoada para dizer com que sacrifício se contenta Xangô.

Outros, os mais malandros, passam a existência deitados no sofá. As filhas de santo, prostitutas algumas, concorrem para lhes descansar a existência, a gente que as vai procurar dá-lhes o supérfluo. A preocupação destes é saber mais coisas, os feitiços desconhecidos, e quando entra o que sabe todos os mistérios, ajoelham assustados e beijam-lhe a mão, soluçando:

— Diz como se faz a cantiga e eu te dou todo o meu dinheiro!

À tarde, chegam as mulheres, e os que por acaso trabalham em alguma pedreira. Os feiticeiros conversam de casos, criticam-se uns aos outros, falam com intimidade das figuras mais salientes, do país, do imperador, de quem quase todos têm o retrato, de Cotegipe, do barão de Mamanguape, dos presidentes da República.

As mulheres ouvem mastigando obi e cantando melopeias sinistramente doces. Essas melopeias são quase sempre as preces, as evocações, e repetem sem modalidade, por tempo indeterminado, a mesma frase.

Só pelos candomblés ou sessões de grande feitiçaria, em que os babalaôs estão atentos e os pais de santo trabalham dia e noite nas camarinhas ou fazendo evocações diante dos fogareiros com o tessubá na mão, é que a vida dessa gente deixa a sua calma amolecida de acaçá com azeite de dendê.

Quando entramos na casa de Oloô-Tetê, o matemático macróbio e sensual, uma velha mina, que cantava sonambulicamente, parou de repente.

— Pode continuar.

Ela disse qualquer coisa de incompreensível.

— Está perguntando se o senhor lhe dá dois tostões, ensina-nos Antônio.

— Não há dúvida.

A preta escancara a boca, e, batendo as mãos, põe-se a cantar:

Baba ounlô, ó xocotám, o ilélê.

— Que vem a ser isso?

— É o final das festas, quando o santo vai embora. Quer dizer: papai já foi, já fez, já acabou; vai embora!

Eu olhava a réstia estreita do quintal onde dormiam jabutis.

— O jabuti é um animal sagrado?

— Não, diz-nos o sábio Antônio. Cada santo gosta do seu animal. Xangô, por exemplo, come jabuti, galo e carneiro. Abaluaiê, pai de varíola, só gosta de cabrito. Os pais de santo são obrigados pela sua qualidade a fazer criação de bichos para vender e tê-los sempre à disposição quando precisam de sacrifício. O jabuti é apenas um bicho que dá felicidade. O sacrifício é simples. Lava-se bem, às vezes até com *champagne*, a pedra que tem o santo e põe-se dentro da terrina. O sangue do animal escorre; algumas das partes são levadas para onde o santo diz e o resto a roda come.

— Mas há sacrifícios maiores para fazer mal às pessoas?

— Há! para esses até se matam bois.

— Feitiço pega sempre, sentencia o ilustre Oloô-Tetê, com a sua prática venerável. Não há corpo fechado. Só o que tem é que uns custam mais. Feitiço para pegar em preto é um instante, para mulato já custa, e então para cair em cima de branco a gente sua até não poder mais. Mas pega sempre. Por isso, preto usa sempre o *assiqui*, a cobertura, o breve, e não deixa de mastigar obi, noz-de-cola preservativa.

Para mim, homem amável, presentes alguns companheiros seus, Oloô-Tetê tirou o opelé com que há muitos anos foi batizado e prognosticou o meu futuro.

Este futuro vai ser interessante. Segundo as cascas de tartaruga que se voltavam sempre aos pares, serei felicíssimo, ascendendo com a rapidez dos automóveis a escada de Jacó das posições felizes. É verdade que um inimigozinho malandro pretende perder-me. Eu, porém, o esmagarei, viajando sempre com cargos elevados e sendo admirado.

Abracei respeitoso o matemático que resolvera o quadrado da hipotenusa do desconhecido.

— Põe dinheiro aqui — fez ele.

Dei-lhe as notas. Com as mãos trêmulas, o sábio as apalpou longamente.

— Pega agora nesta pedra e nesta concha. Pede o que tiveres vontade à concha, dizendo sim, e à pedra dizendo não.

Assim fiz. O opelé caiu de novo no encerado. A concha estava na mão direita de Antônio, a pedra na esquerda, e Oloô tremia falando ao santo, com os negros dedos trêmulos no ar.

— Abra a mão direita! — ordenou.

Era a concha.

— Se acontecer, ossuncê dá presente a Oloô?

— Mas decerto.

Ele correu a consultar o opelé. Depois sorriu.

— Dá, sim, santo diz que dá. — E receitou-me os preservativos com que eu serei invulnerável.

Também eu sorria. Pobre velho malandro e ingênuo! Eu perguntara apenas, modestamente, à concha do futuro se seria imperador da China... Enquanto isso, a negra da cantiga entoava outra mais alegre, com grande gestos e risos.

O loô-ré, xa-la-ré
Camurá-ridé
O loô-ré, xa-la-ré
Camurá-ridé

— E esta, o que quer dizer?

— É uma cantiga de Orixalá. Significa: O homem do dinheiro está aí. Vamos erguê-lo...

Apertei-lhe a mão jubiloso e reconhecido. Na alusão da ode selvagem a lisonja vivia o encanto da sua vida eterna...

Publicada originalmente na *Gazeta de Notícias*, em 9 de março de 1904. Essa crônica faz parte de uma série de 22 reportagens publicadas entre 22 de fevereiro e 21 de abril de 1904, depois reunidas no livro *As religiões no Rio* (Paris, Garnier, 1904).

OS SATANISTAS

— Satanás! Satanás!

— *Che vuoi?*[1]

— Não o sabes tu? Quero o amor, a riqueza, a ciência, o poder.

— Como as crianças, as bruxas e os doidos — sem fazer nada para os conquistar.

O filosófico Tinhoso tem nesta grande cidade um ululante punhado de sacerdotes, e, como sempre que o seu nome aparece, arrasta consigo o galope da luxúria, a ânsia da volúpia e do crime. Eu, que já o vira Exu, pavor dos negros feiticeiros, fui encontrá-lo poluindo os retábulos com o seu deboche, enquanto a teoria báquica dos depravados e das demoníacas estorcia-se no paroxismo da orgia... Satanás é como a flecha de Zenon, parece que partiu, mas está parado — e firme nos corações. Surgem os cultos, desaparecem as crenças, esmaga-se a sua recordação, mas, impalpável, o Espírito do Mal espalha pelo

_____

1 O que quer?

mundo a mordacidade de seu riso cínico e ressurge quando menos se espera no infinito poder da tentação.

Conheci alguns dos satanistas atuais na casa de Saião, o exótico herbanário da Rua Larga de São Joaquim, o tal que tem à porta as armas da República. Saião é um doente. Atordoa-o a loucura sensual. Faceirando entre os molhos de ervas, cuja propriedade quase sempre desconhece, o ambíguo homem discorre, com gestos megalômanos, das mortes e das curas que tem feito, dos seus amores e do assédio das mulheres em torno da sua graça. A conversa de Saião é um coleio de lesmas com urtigas. Quando fala cuspinhando, os olhitos atacados de satiríases, tem a gente vontade de espancá-lo. A casa de Saião é, porém, um centro de observação. Lá vão ter as cartomantes, os magos, os negros dos ebós, as mulheres que partejam, todas as gamas do crime religioso, do sacerdócio lúgubre.

Como, uma certa vez, uma negra estivesse a contar-me as propriedades misteriosas da cabeça do pavão, eu recordei que o pavão no Curdistão é venerado, é o pássaro maravilhoso, cuja cauda em leque reproduz o esquema secreto do deus único dos iniciados pagãos.

— O senhor conhece a magia? — fez a meu lado um homem esquálido, com as abas da sobrecasaca a adejar.

Imediatamente Saião apresentou-nos.

— O Dr. Justino de Moura.

O homem abancou, olhando com desprezo para o herbanário, limpou a testa inundada de suor e murmurou liricamente.

— Oh! a Ásia! a Ásia...

Eu não conhecia a magia, a não ser algumas formas de satanismo. O Dr. Justino puxou mais o seu banco e conversamos. Dias depois estava relacionado com quatro ou cinco futres, mais ou menos instruídos, que confessavam com descaro vícios horrendos. Justino, o mais esquisito e o mais sincero, guarda avaramente o dinheiro para comprar carneiros e chupar-lhes o sangue; outro rapaz magríssimo, que foi empregado dos Correios, satisfaz apetites mais inconfessáveis ainda, quase sempre cheirando a álcool; um outro moreno, de grandes bigodes, é uma figura das praças, que se pode encontrar às horas mortas... Se de Satanás eles falavam muito, quando lhes pedia para assistir à missa negra, os homens tomavam atitudes de romance e exigiam o pacto e a cumplicidade.

A religião do Diabo sempre existiu entre nós, mais ou menos. Nas crônicas documentativas dos satanistas atuais encontrei casos de *envoûtement*[2] e de malefícios, anteriores aos feitiços dos negros e a Pedro I. A Europa do século XVII praticava a missa negra e a missa branca. É natural que algum feiticeiro fugido plantasse aqui a semente da adoração do mal. Os documentos — documentos esparsos sem concatenação que o Dr. Justino me mostrava de vez em quando — contam as evocações do papa Aviano em 1745. Os avianistas deviam ser nesse tempo apenas clientes, como é hoje a maioria dos frequentadores dos espíritas, dos magos e das cartomantes. No século passado o número dos fanáticos cresceu, o avianismo transformou-se, adaptando correntes estrangeiras. A princípio surgiram os paladistas, os luciferistas que admiravam Lúcifer, igual de Adonai, inicial do Bem e deus da Luz.

Esses faziam uma franco-maçonaria com um culto particular, que explicava a vida de Jesus dolorosamente. Guardam ainda os satanistas contemporâneos alguns nomes da confraria

---

2 Feitiço, encantamento, sortilégio.

que insultava a Virgem com palavras estercorárias: Eduardo de Campos, Hamilcar Figueiredo, Teopompo de Sousa, Teixeira Werneck e outros, usando pseudônimos e compondo um rosário de nomes com significações ocultistas e simbólicas. Os paladistas não morreram de todo, antes se transfusaram em formas poéticas. No Paraná, onde há um movimento ocultista acentuado — como há todas as formas da crença, sendo o povo de poetas impressionáveis —, existem atualmente escritores luciferistas que estão *dans le train*[3] dos processos da crença na Europa. A franco-maçonaria, morto o seu antigo chefe, um padre italiano, Vitório Sengambo, fugido da Itália por crimes contra a moral, desapareceu. No Brasil não andam assim os apóstatas e, apesar do desejo de fortuna e de satisfações mundanas, é difícil se encontrar um caso de apostasia no clero brasileiro. Os luciferistas ficaram apenas curiosos, relacionados com o supremo diretório de Charleston, donde partirá o novo domínio do mundo e a sua descristianização.

Os satanistas ao contrário imperam, sendo como são mais modestos.

Sabem que Satã é o proscrito, o infame, o mal, o conspurcador, fazem apenas o catolicismo inverso, e são supersticiosos, depravados mentais, ou ignorantes apavorados das forças ocultas. O número de crentes convictos é curto; o número de crentes inconscientes é infinito.

Seria curioso, neste acordar do espiritualismo em que os filósofos materialistas são abandonados pelos místicos, ver como vive Satã, como goza saúde o Tentador.

---

3 Por dentro.

Nunca esse espírito interessante deixou de ser adorado. No início dos séculos, na Idade Média, nos tempos modernos, contemporaneamente, os cultos e os incultos veneram-no como a encarnação dos deuses pagãos, como o poder contrário à cata de almas, como o Renegado. As almas das mulheres tremem ao ouvir-lhe o nome, as criações literárias fazem-no de ideias frias e brilhantes como floretes de aço, no tempo do romantismo o Sr. Diabo foi saliente. Hoje Satanás dirige as literaturas perversas, as pornografias, as filosofias avariadas, os misticismos perigosos, assusta a Igreja Católica, e cada homem, cada mulher, por momentos ao menos, tem o desejo de o chamar para ter amor, riqueza, ciência e poder. Bem dizem os padres: Satanás é o Tentador; bem o pintou Tintoretto na *A tentação de Cristo*, bonito e loiro como um anjo...

A nossa terra sofre cruelmente da crendice dos negros, agarra-se aos feiticeiros e faz a prosperidade das seitas desde que estabeleçam o milagre. Satanás faz milagres a troco de almas. Quem entre nós ainda não teve a esperança ingênua de falar ao Diabo, à meia-noite, mesmo acreditando em Deus e crendo na trapaça de Fausto? Quantos, por conselhos de magos falsos, em noites de trovoada, não se agitaram em lugares desertos à espera de ver surgir o Grande Rebelde? Há no ambiente uma predisposição para o satanismo, e como, segundo o Apocalipse, é talvez neste século que Satanás vai aparecer, o número dos satanistas autênticos, conhecedores da Cabala, dos fios imantados, prostituidores da missa, aumentou. Há hoje para mais de cinquenta.

Quarta-feira Santa encontrei o Dr. Justino no Saião. O pobre estava mais pálido, mais magro e mais sujo, levando sempre o lenço à boca, como se sentisse gosto de sangue.

— Continua nas suas cenas de vampirismo? — sussurrei eu.

Nos olhos do Dr. Justino uma luz de ódio brilhou.

— Infelizmente o senhor não sabe o que diz! Deu dois passos agitados, voltou-se, repetiu:

— Infelizmente não sabe o que diz! O vampirismo! alguém sabe o que isto é? Não se faça de cético. Enquanto ri, a morte o envolve. Agora mesmo está sentado num molho de solanáceas.

Eu o deixara dizer, subitamente penalizado. Nunca o vira tão nervoso e com um cheiro tão pronunciado de álcool.

— Não ria muito. O vampirismo como a sua filosofia cooperam para a vitória definitiva de Satanás... Conhece o Diabo?

A pergunta feita num *restaurant* bem iluminado seria engraçada. Naquele ambiente de herbanário, e na noite em que Jesus sofria, fez-me mal.

— Não. Também como o conhecer, sem o pacto?

— O pacto é conhecimento de causa.

Passeou febrilmente, olhando-me como a relutar com um desejo sinistro. Por fim agarrou-me o pulso.

— E se lhe mostrasse o Diabo, guardaria segredo?

— Guardaria! — murmurei.

— Então venha.

E bruscamente saímos para o luar fantástico da rua. Essa cena abriu-me de repente um mundo de horrores. O Dr. Justino, médico instruído, era simplesmente um louco. No *bond*, aconchegando-se a mim, a estranha criatura disse o que estivera a fazer antes do nosso encontro. Fora beber o seu sanguezinho, ao escurecer, num açougue conhecido. Como todos os degenerados, abundou nos detalhes. Mandava sempre o carneiro antes; depois, quando as estrelas luziam, entrava no pátio, fazia uma incisão no pescoço do bicho e chupava, sorvia gulosamente todo o sangue, olhando os olhos vítreos do animal agonizante.

Não teria eu lido nunca o livro sobre o vampirismo, a possessão dos corpos? Pois o vampirismo era uma consequência fatal dessa legião de antigos deuses pagãos, os sátiros e os faunos, que Satanás atirava ao mundo com a forma de súcubos e íncubos. O Dr. Justino era perseguido pelos íncubos, não podia resistir, entregava-se... Já não tinha espinha, já não podia respirar, já não podia mais e sentia-se varado pelos símbolos fecundos dos íncubos como as feiticeiras em êxtase, nos grandes dias de *sabbat*.

Sacudi a cabeça como quem faz um supremo esforço para não soçobrar também.

O cidadão com quem falava era um doido atacado do solitário vício astral! Ele, entretanto, febril, continuava a descrever o poder de Satã sobre os cadáveres, a legião que acompanhou o Supremo e o inebriamento sabático.

— Mas, doutor, compreendamos. O *sabbat* em plena cidade? As feiticeiras de Shakespeare no Engenho Novo?

— Satã continua cultuado, por mais que o mundo se transforme. O *sabbat* já se fez até nos telhados. Os gatos e os morcegos, animais de Satã, vivem entre as telhas.

Lembrei-me de um caso de loucura, um estudante que recebia o Diabo pelos telhados, e morrera furioso. Não me pareceu de todo falso. O *sabbat*, porém, o *sabbat* clássico, a festa horrenda da noite, o delírio nos bosques em que as árvores parecem demônios, a ronda detestável das mulheres nuas, subindo aos montes, descendo as montanhas, a fúria necrófila que desenterrava cadáveres e bebia álcool com sangue extinguiu-se. A antiga orgia, a comunicação imunda com o Diabo não passa de contos de demonógrafos, de fantasias de curiosos. Satã vive hoje em casa como qualquer burguês. Esse cavalheiro poderoso, o Tinhoso, não vai mais para trás das ermidas oficiar, as fúrias desnudas não espremem mais o suco da vida, rolando nas pedras, sob a ventania do cio. Todo o mal que a Deus fazem é em casa, nos deboches e na prostituição da missa.

E que vida a deles! Agora que o *bond* passava pelo Canal do Mangue e a lua batia na coma das palmeiras, o pobre homem, tremendo, contava-me as suas noites de agonia. Sim, o Dr. Justino temia os lêmures e as larvas, dormia com uma navalha debaixo do travesseiro, a navalha do Cambucá, um assassino que morrera de um tiro. As larvas são fragmentos de ideias, embriões de cóleras e ódios, restos de raivas danadas que sobem do sangue dos criminosos e do sangue regular das esposas e virgens aos astros para envolver as criaturas, são os desesperos que se transformam em touros e elefantes, são os animais da luxúria. E esses animais esmagavam-no, preparando-o para o grande escândalo dos íncubos.

— Mas certamente fiz para acalmá-lo, Satã, desde que se faz com o Inferno um pacto e uma aliança com a morte, dá o supremo poder de magia, o quebranto, a bruxaria, o malefício, o envolver das vontades...

Ele sorriu tristemente, tiritando de febre.

— A magia está muito decaída, eivada de costumes africanos e misturadas de pajés. Conhece o malefício do ódio, a boneca de cera virgem? Esmagava-se a cera, modelava-se um boneco parecido com o odiado, com um dente, unhas e cabelos seus. Depois vestiam-lhe as roupas da pessoa e no batismo dava-se-lhe o seu próprio nome. Por sobre a boneca o mago estendia uma corda com um nó, símbolo da sua resolução e exclamava: — Arator, Lepidator, Tentador, Soniator, Ductor, Comestos, Devorator, Seductor, companheiros da destruição e do ódio, semeadores da discórdia que agitam livremente os malefícios, peço-vos e conjuro-vos que admitais e consagreis esta imagem...

— E a cera morria...

— Animado do seu ódio, o mago dominava as partículas fluídicas do odiado, e praguejando acabava atirando a boneca ao fogo, depois de trespassá-la com uma faca. Nessa ocasião o odiado morria.

— E o choque de volta?

— Quando o enfeitiçado percebia, em lugar de consentir nas perturbações profundas do seu ser, aproveitava os fluidos contra o assassino e havia conflagração.

O mágico, porém, podia envenenar o dente da pessoa, distender-se no éter e ir tocá-la.

Havia ainda o *envoûtement* retangular... Hoje, os feiticeiros são negros, os fluidos de uma raça inferior destinados a um domínio rápido. Os malefícios satânicos estão inundados de azeite de dendê e de ervas dos caboclos.

Então, encostado a mim, com mau hálito, enquanto o *bond* corria, o Dr. Justino deu-me várias receitas. Como se estuda nesse receituário macabro o temor de várias raças, desde os ciganos boêmios até os brancos assustadiços! O sangue é o seu grande fator: cada feitiço é um misto de imundície e de infâmia. Para possuir, para amar, para vencer, os satanistas usam, além das receitas da clavícula, de morcegos, porcos-da-índia, pós, ervas, sangue mensal das mulheres, ratos brancos, produto de espasmos, camundongos, rabos de gatos, moedas de ouro, fluidos, carnes, bolos de farinha com óleos, e para abrir uma chaga empregam, por exemplo, o ácido sulfúrico...

— Com o poder do Horrendo, fez subitamente o médico numa nova crise, é lá possível temer esse idiota que morreu na cruz? Sabe que os talmudistas negam a ressurreição?

Levantou-se titubeante, saltamos. O *bond* desapareceu. Embaixo, no leito do caminho de ferro, os *rails* de aço branquejavam, e, no ar, morcegos faziam curvas sinistras. O Dr. Justino ardia em febre. De repente ergueu os pulsos.

— Impostor! Torpe! Salafrário! — ganiu aos céus estrelados.

— Aonde vamos?

— À missa negra...

— Aonde?

— Ali.

— Estendeu a mão, veio-lhe um vômito, emborcou no meu braço que o amparava, golfando num estertor pedaços de sangue coagulado.

Ao longe ouviu-se o silvo da locomotiva.

Então, com o possuído do Diabo nos braços, eu bati à porta dos satanistas, ouvindo a sua desgraçada vida e a dor infindável da morte.

Publicada originalmente na *Gazeta de Notícias*, em 5 de abril de 1904, como parte da série "As religiões do Rio" e incluída no livro homônimo.

OS SPORTS – O FOOT-BALL

Areguap, guap! guap!
Areguap, guap, guap!
Hurrah! Hurrah!
Parabotoo!
Bangu!

Domingo no campo do Fluminense Foot-Ball Club. Os rapazes brincam cheios de entusiasmo, o campo estende-se igual e verde como uma larga mesa de bilhar. Do lado direito, os pedreiros trabalham ativamente na construção das galerias e arquibancadas que devem ficar prontas antes de 14 de julho. Moças de vestidos claros perfumam o ambiente com o seu encanto e cavalheiros *sportsmen*, de calça dobrada e sapatos grossos, olham o jogo com ar entendido, falando inglês. Todos falam inglês. Mesmo quando se fala português há para seis palavras nossas três britânicas. *All right!* O sol, que morre no céu de um azul hortênsia, doira todo o prado de uma luz flava, e os rapazes, uns de camisa riscada, outros de camisa sangue de boi, coloram violentamente o campo de notas rubras.

Teremos nós um novo *sport* em moda? Não há dúvida. Há vinte anos a mocidade carioca não sentia a necessidade urgente de desenvolver os músculos. Os meninos dedicavam-se ao *sport* de fazer versos maus. Eram todos poetas aos 15 anos e usavam lunetas de míope. De um único exercício se cuidava então: da capoeiragem. Mas a arte de revirar rabos de raia e pregar cabeçadas era exclusiva de uma classe inferior. Depois a moda trouxe aos poucos os hábitos de terras, cultivadas temporariamente com delírio. Em doze anos tivemos a nevrose da pelota basca, a hiperestesia da bicicleta, o entusiasmo das regatas e finalmente o *foot-ball* que se prepara agora para absorver todas as atenções. A mocidade, que só falava em pelota, a mocidade dos patins e do ciclismo nos velódromos, a mocidade admirável dos *clubs* de regatas fala só dos *matchs* de *foot-ball*, de *goals*, de *shoots*, numa algaravia técnica de que resultam palavras inteiramente novas no nosso vocabulário. E como a mocidade é irresistível, eu visito o campo, como amanhã todo o Rio de Janeiro o visitará. Um dos sócios, tão gentil como os outros, faz-me ver a instalação do Fluminense, a secretaria, as salas de banhos asfaltadas com chuveiros e duchas, duas — uma para cada partido, as salas de vestir, o *bar*, onde de pé, suando, os foot-ballistas bebem *whisky and* Caxambu gelado. Paira no ar a agitação das nevroses. Até os jogadores parecem esperar alguma coisa.

— Nós estamos preocupados, diz o meu guia. A esta hora disputa-se em São Paulo um *match* e ainda não recebemos um telegrama.

Pergunto qual a diretoria atual do Fluminense.

— Presidente Francis Walter, um jovem inglês que ama o Brasil e tem sido a própria dedicação para o progresso do Club; vice-presidente Guilherme Guinle; secretários Carlos Sardinha e Américo de Castro; tesoureiros Luiz Borgerth e Raul Rocha e, no *ground committee*,[1] Victor Etchegaray *captain* e o primeiro jogador do Rio, Oscar Cox, Mário Rocha, Félix Frias, Emílio Etchegaray.

— Era interessante saber as origens desse jogo no Rio, agora que o seu sucesso começa...

— Nada mais fácil. Como sabe, há na Inglaterra dois gêneros de *foot-ball*, o *rugby* e o *association*. Este último mais moderno é o que indubitavelmente tem tido maior acolhimento noutros países.

— É o adotado na América.

— Os americanos do norte são como os ingleses os melhores jogadores do *foot-ball*. Seguem-se em escala decrescente os dinamarqueses, os búlgaros, os holandeses, os franceses, os alemães e os belgas... Só na própria Inglaterra é que se pode ver como o povo adora esse jogo. Para assistir ao final da Taça Inglesa no Crystal Palace havia 130 mil pessoas! Desses entusiasmos só em New York no campo da universidade de Yale... Aqui, a primeira tentativa para a adoção do *foot-ball* foi feita em 1897. Chegaram a mandar vir... uma bola! Mas a falta de um campo — mal que por muito tempo há de afligir os *clubs* cariocas — foi um grande empecilho. As tentativas sucederam-se sempre infrutíferas até que em 1901, um grupo de jogadores, hoje núcleo do Fluminense, conseguiu, após inúmeros adiamentos, realizar o primeiro *match* a 22 de setembro no campo da Rio Cricket

---

1 Comitê de campo.

and Athletic Association em Icaraí. Os dous *teams* eram compostos um de brasileiros outro de ingleses. O *team* brasileiro constava de C. Portella, W. Schuback, M. Frias, O. Cox, M. Vaegely, Victor Etchegaray etc. Os ingleses jogavam de camisa branca, os brasileiros com as camisas de St. Georges, St. Augustin's e St. Charles Colleges de Inglaterra e de Villa Longchamp da Suíça. Foi um sucesso. Nos domingos seguintes jogaram-se mais dois *matchs*. A 18 de outubro partiu para São Paulo um *team* composto de oito brasileiros e três ingleses. Jogaram-se dois *matchs,* ambos empates: 2-2 e 0-0. Ainda hoje os paulistas reconhecem o incremento que a ida desse *team* deu ao *foot-ball* paulistano. No ano seguinte, outro *team* foi a São Paulo jogar dois *matchs,* mas a sorte contrariou os cariocas obrigados a jogar em ambas as partidas com um jogador de menos. O resultado foi o Sport Club Internacional ganhar 3-0 e o Club Athletico Paulistano, 1-0. Nessa ocasião fundou-se o Fluminense Foot-Ball Club que, por assim dizer, está na ponta...

Esta frase popular o meu guia dissera a sorrir. Nós chegáramos ao balcão do *bar,* donde se divisava o jogo dos foot-ballistas. O entusiasmo crescia e em torno da bola amarela; era uma conflagração de dorsos rubros e riscados.

— Nessa mesma ocasião, continuou o informante, tirando o chapéu de palha em que se via na fita vermelha e verde o escudo do *club,* também se fundou o Rio Foot Club, que se desenvolveu após um *match* conosco em que vencemos por 8-0. Em fins de setembro, mandamos um forte *team* a São Paulo jogar três partidas. No primeiro empatamos com o S.C. Internacional, 0-0. No segundo o C.A. Paulistano foi batido por 2-1, e no terceiro, contra a expectativa geral, o São Paulo Athletic Club foi também derrotado por 3-0. O extraordinário resultado animou os jogadores cariocas. Que aclamações quando nos retiramos do campo deixando derrotado o *club* campeão!

— Depois?

— Depois outro galo cantou. O C.A.P. veio ao Rio para derrotar o Fluminense por 3-0 contra 2-0, e quando lá fomos jogar contra os cinco *clubs* da Liga Paulista, obtivemos uma série de derrotas que ainda hoje doem aos cariocas. Em 1904, fundaram-se o Foot-Ball and Athletic Club e o Bangu Athletic Club, que já ocupam lugar saliente. Atualmente há uma infinidade de *clubs* que perecerão se não encontrarem o principal elemento que é o — campo. Os que têm campo preparado são o Rio Cricket and Athletic Club de Icaraí, Paisandu Cricket Club, o Bangu e o Fluminense. Por estes dias será fundada uma Liga destinada a servir e animar os *clubs*.

— O *foot-ball* talvez faça mal ao desenvolvimento das sociedades do remo?

— É natural. O *foot-ball* é um exercício que não pede os grandes esforços exigidos de uma guarnição de regatas nem tampouco requer o longo tempo de ensaio do *rowing*... O nosso primeiro *team* joga em São Paulo agora três *matchs*. A 14 de julho chegará aqui o primeiro *team* do Paulistano e nesse dia, com as arquibancadas prontas, o Fluminense abrirá as suas portas ao público. Será decerto a inauguração oficial de mais um *sport* naturalizado.

Tínhamos descido, ladeando o campo. A bola amarela voava impelida pelos pés e pelas cabeças dos dous *teams*. As faces afogueadas, as mandíbulas inferiores avançando numa proeminência de esforço, os rapazes atiravam-se cheios de ardor para a vitória. De repente trilava um apito. Os bandos paravam. O juiz avançava, um dos rapazes soltava a bola e de novo os *teams* se entrelaçavam na ânsia de atirar a bola no campo alheio.

Vi de perto os jovens jogadores. Em alguns o desenvolvimento muscular das tíbias é inacreditável. Faz a gente pensar sem querer num pontapé, num *shoot* como eles dizem. Esse pontapé, ou esse *shoot*, passará para o outro mundo com facilidade um homem forte.

O meu guia, porém, abandona-me. À porta estacara uma negra parelha de cavalos normandos e entrava no campo, com a face escanhoada e uma perfeita elegância brumeliana, o vice-presidente. O céu, já de todo sem sol, tinha no poente nuanças de nácar e de madrepérola. As sombras desciam lentamente e só a mocidade, indiferente à tristeza do ocaso, gritava no verde campo vasto o impetuoso prazer da vida.

Publicada originalmente na *Gazeta de Notícias*, em 26 de junho de 1905.

O BARRACÃO DAS RINHAS

A cerca de 100 metros da estação do Sampaio fica o barracão. Quando saltamos às três da tarde de um trem de subúrbio atulhado de gente, íamos com o semiassustado prazer da sensação por gozar. Era ali, naquele barracão, que se cultivava o *sport* feroz das brigas de galo. Eu já estava um pouco fatigado dos *matches* de *foot-ball*, dos *lawn-tennis* familiares, da ardente pelota basca, de toda essa diversidade de jogos a que se entrega o cidadão civilizado para mostrar que vive e se diverte. A briga de galos seria um aspecto novo, tanto mais quanto, como nos tempos dos Césares, o prazer do chefe deve ser o prazer aclamado do povo...

Logo à entrada, impressionou-me a multidão. Eram todos homens, homens endomingados, de cara tostada de sol, homens em mangas de camisa, apesar da temperatura quase outonal, rapazolas com essas caras de vício que parecem ter tido uma prévia educação de atos ilícitos extraterrena, velhos cegos de entusiasmo, discutindo, bradando, berrando, e cavalheiros graves, torcendo o bigode, pálidos. Como que fazendo um corredor, dois renques de gaiolas, com acomodações para 48 galos, todas numeradas. Através das telas de arame eu pressentia a agitada nervosidade dos animais, talvez menor que a nevrose daquela estranha gente. Um cheiro esquisito, misto de suor, de galinheiro e de folhas silvestres, empapava a atmosfera dourada da tarde. Ao centro da grande praça, cujo capim parecera arrancado na véspera, quatro circos de paredes acolchoadas, sujas de poeira, de luz e de manchas de sangue. Entre o segundo e o terceiro circo, com uma face de julgador de baixo-relevo egípcio, um sujeito imponente escreve num livro grande, e tem diante do livro uma balança memorável e uma ruma de pesos.

Atrevo-me a perguntar a um cidadão:

— Quem é aquele?

— É o Porto Carreiro, o diretor e o juiz.

— E a balança?

O cidadão olha para mim, sorri cheio de piedade.

— A apostar que o sr. não conhece a briga de galos?

— Exatamente, não conheço.

— A balança é para pesar os galos. Este gênero de diversão tem os seus *habitués* distintos. Olhe, por exemplo, o Exmo. Sr. General Pinheiro Machado, o poeta Dr. Luiz Murat.

— Eles estão aí?

— Vamos agora mesmo ver uma briga de um galo do Dr. Murat, pelo qual S. Sa. rejeitou 120 mil réis. Estão no botequim.

Acompanhei o cidadão até ao fundo — um tosco balcão encostado à parede, em que se vendiam, sem animação, café, sanduíches com cara de poucos amigos, e uma limitada série de bebidas alcoólicas. Lá estava, com efeito, olímpico e sereno, com a melena correta e um ar elegantemente esgalgado, o general dominador.

Ao lado, de sobrecasaca, pálido e grave, o poeta das *Ondas*; e, gritando, discutindo com tão altas personalidades da política e das letras, cavalheiros que me apontavam como sendo o Dr. Teixeira Brito, o Dr. Alfredo Guimarães, o Manuel Pingueta, charuteiro, o Morales, o Teixeira Perna de Pau, o Rosa Gritador, o Manuel Padeiro... Era democrático, era bárbaro, era pandemônico. Na algazarra, o sr. Rosa parecia um leiloeiro a ver quem dá mais na hasta pública, e, reparando bem, eu vi que além da turba movediça do campo havia uma dupla galeria cheia de espectadores.

Ia começar uma briga. — Vou todo no Nilo — berrava um sujeito. — No Frei Satanás, no Frei Satanás! — bradavam lá longe, faço jogo no Frei Satanás! contra qualquer outro. — É gabarolice! — É perder. — Jogo no Nilo! No Nilo! Cuidado, olha o que te aconteceu com o Madressilva. Nilo! Nilo! A grita era enorme.

— Que Nilo é esse? — indaguei ao mesmo cidadão.

— Não é o Peçanha, não senhor. É outro, é um galo.

— Os galos aqui têm nome?

— Está claro. Olhe, o Frei Satanás é um galo de fama. Agora há o Madressilva, o Nilo, o Rio Nu, o Fonfom, o Vitória, o General...

— Ah! muito bem, é curioso.

O cidadão tornou a olhar-me com pena e disse:

— Venha para perto. Vão realizar-se os dois últimos combates.

Os dois últimos combates realizavam-se nos circos número dois e número três. No três, deviam soltar Frei Satanás contra Nilo, e no dois, Vitória contra Rio Nu. Furamos a custo a massa dos apostadores, para chegar à mesa do juiz, que me deitou um olhar de Teutates, severo e avaliador. E no meio de um alarido atroz, diante da política, das letras, do proletariado, da charutaria e de representantes de outras classes sociais não menos importantes, começou o combate do circo dois.

Oh! esse combate! Os dois galos tinham vindo ao colo dos proprietários, com os pescoços compridos, as pernas compridas, o olhar em chama.

Tinham-nos soltado ao mesmo tempo. A princípio os dois bichos eriçaram as raras penas, ergueram levemente as asas, como certos mocinhos erguem os braços musculosos, esticaram os pescoços. Um em frente do outro, esses pescoços vibravam como dois estranhos floretes conscientes. Depois um aproximou-se, o outro deu um pulo à frente soltando uns sons roucos, e pegaram-se num choque brusco, às bicadas, peito contra peito, numa desabrida fúria impossível de ser contida.

Não evitavam os golpes, antes os recebiam como um incentivo de furor; era dilacerante ver aqueles dois bichos com os pescoços depenados, pulando, bicando, saltando, esporeando, numa ânsia mútua de destruição. Os apostadores que seguiam o combate estavam transmudados. Havia faces violáceas, congestas, havia faces lívidas de uma lividez de cera velha. Uns torciam os bigodes, outros estavam imóveis, outros gritavam dando pinchos como os galos, torcendo para o seu galo, acotovelando os demais. Uma vibração de cóleras contidas polarizava todos os nervos, anunciava a borrasca do conflito.

E os bichos, filhos de brigadores, nascidos para brigar, luxo bárbaro com o único instinto de destruição cultivado, esperneavam agarrados à crista um do outro, num desespero superagudo de acabar, de esgotar, de sangrar, de matar. No inchaço purpúreo dos dois pescoços e das duas cristas, as contas amarelas dos olhos de um, as contas sanguinolentas dos olhos de outro tinham chispas de incêndio, e os bicos duros, agudos, perfurantes, lembravam um terceiro esporão, o esporão da destruição.

De repente, porém, os dois bichos separaram-se, recuaram. Houve o hiato de um segundo. Logo após, sacudiram os pescoços e, fingindo mariscar, foram-se aproximando devagar. Depois o da esquerda saltou com os esporões para a frente. O outro parecia esperar a agressão.

Saltou também de lado, simplesmente, na mesma altura do outro, e quando o outro descia formou de súbito pulo idêntico ao do primeiro com os esporões em ponta. Foram assim, nessa exasperante capoeiragem, até ao canto do circo. Era a caçada trágica dos olhos, o golpe da cegueira. Os dois bichos atiravam-se aos olhos um do outro como supremo recurso da vitória. E a turba expectante, vendo que um deles, quase encostado ao circo, tolhido nos pulos, só tinha desvantagem, cindiu-se em dois grupos rancorosos.

— Não pode! não pode! — Isto assim não vai. — Estai a ver que perdes! — Ora vá dormir! — Segura, Frei! Segura, Nilo! — Bravos! Estúpidos! É ele! — Ora vá dormir! — Espera um pouco! E no rumor de ressaca colérica, a voz do Rosa Gritador tomava proporções de fanfarra, a berrar: Ora vá dormir! Ora vá dormir!

O juiz, entretanto, consultara o relógio. Já passara o prazo de quinze minutos. Ia borrifar os lutadores com água e sal. Isso interromperia a rinha. Os que pendiam para o galo a se debater entre o inimigo e o acolchoado do circo começaram logo a aplaudir; os outros gritaram: não pode! A celeuma ameaçava acabar em "rolo". O juiz foi inflexível — borrifou. A luta interrompeu-se, os dois galos voltaram para o meio da arena. Mas como acontece, às vezes, realizar-se mais depressa aquilo que muitos desejam evitar, a rinha travou-se logo com redobrada violência e uma fúria de extinção que não deixou dúvidas.

Os dois galos pulavam, bicavam-se, pulavam, um defronte do outro, medindo os efeitos, tomando medida do espaço numa alucinante movimentação do pescoço — para arremeter às esporas. E iam rodando, iam voltando lentamente, porque ambos fugiam da parede do circo e ambos desejavam encostar o adversário ao acolchoado para mais facilmente furar-lhe os olhos.

Esse desespero durou três minutos, no máximo. De repente, o menos alto abriu o bico que fendera, e sangrava, pareceu decidir-se ao impossível e correu para o outro numa série de saltos consecutivos, imediatos, instantâneos, que o encostaram, o deixaram sem defesa, aturdido. E aí, continuou, continuou, esporeando-lhe o pescoço, a princípio, depois o crânio, depois o bico e, finalmente, de repente — um dos olhos. Quando o sangue espirrou, um urro sacudiu a massa bárbara. O galo triunfante descrevia hemiciclos exaustos na arena, aparentando a vitória e o outro cego, num horrendo e horrível furor, atirava-se, bicava o ar, procurava o inimigo. Vão-se matar! Vão-se matar! — bradavam uns. — Deixa, deixa! Quem venceu? inquiriram outros. Para que servem mais? Deixa? Deixa!

O galo cego conseguira agarrar a crista em sangue do seu vencedor e feriu-a, feriu-a metendo-lhe as esporas ao acaso, até que o largou tão cheio de terror que o outro fugiu, recuou, fechou as asas, procurou sumir-se. O cego, então, sentindo a derrota alheia, soltou um cocoricó cheio de rouquidão e de orgulho. Dois homens, os proprietários, precipitaram-se. Estava terminada a luta.

— Mas é estúpida e bárbara esta coisa! — bradei eu na algazarra do povaréu ao cidadão informador.

— Acha?

— Acho, sim.

— Pois os circos galísticos estão muito em moda na Espanha.

— Que tenho eu com isso?

— E o general Machado gosta.

Não discuti. O sujeito desaparecera. No circo três, ia começar outra luta. Mas muita gente saía — os proprietários dos ex-valiosos galos, o poeta das *Ondas*, o general Pinheiro. Rompi a multidão a custo, e, já na rua, encontrei de novo o cidadão informante que caminhava gravemente atrás da poesia e do Senado, carregando o galo sem bicos.

— Era seu o animal?

— Não senhor. Eu venho às rinhas para comprar os "bacamartes". Este seu bico valia 200 mil réis há duas horas. Comprei-o por 1.500 réis e como-o amanhã ao almoço. O senhor não gosta de galos?

— Muito, principalmente dos galos que se limitam a anunciar a madrugada e a fazer ovos.

E com o sujeito do galo, logo atrás do poeta das *Ondas* e do vencedor dos pampas, deixei para todo o sempre a sensação feroz do barracão das rinhas. Tinha ganhado o meu dia. Entrevira o *sport* de manhã em toda a cidade — se o Bloco for até os *sports*.

Publicada originalmente na *Gazeta de Notícias* com o título "Briga de galos", em 2 de agosto de 1907, e posteriormente inserida no volume *Cinematographo: crônicas cariocas.*

SENSAÇÕES DE GUERRA
– O EXECUTOR DE MATA HARI

Naquela cidade da França, onde parara dois dias, o meu amigo, ao entrar num café, teve o ar alegre de quem, enfim, encontrava a emoção imprevista.

— Entremos. Vou servir-te qualquer coisa de sensacional.

— Não há nada mais de sensacional senão a nossa própria dor de não compreender os outros.

— É quase um conto cruel, e nada mais verdadeiro.

— Assunto?

— A guerra.

— Ainda a guerra! Não há mais nada! Os casos de guerra! Sempre a guerra!

Eu estava muito fatigado de viajar, de ouvir, de falar, de viver na hipertensão nervosa do "após a guerra", com tantas criaturas, políticos, jornalistas, monarcas, presidentes. Julgava-me infelicíssimo, com o desejo de acabar de dormir, de não sonhar. Mas o meu amigo, que, aliás, é tão meu amigo quanto os outros e não passa, por consequência, de um cidadão tagarela, à espera de me aproveitar, continuou, sem cuidar do meu estado nervoso:

— Estás a ver aquele oficial, ao fundo, mesa à esquerda?

— Parece um velho.

— Não tem 25 anos.

— Ah!

— Era um rapaz brilhante.

— Conhece-o?

— A ele e a sua história.

Reparei mais no oficial. Apoiava o queixo nas duas mãos e o seu olhar inquieto parecia querer fugir e não poder fugir a um quadro doloroso, que não era senão a banqueta surrada do café.

— Que tomas tu?

— O que quiseres.

— Bebamos café. Pois aquele oficial é o tenente X.

— Viu decerto coisas atrozes na guerra?

— Ao lado da guerra. No *front*, batera-se sempre com alta coragem. Mas, depois, deu-se o caso e o governo não soube como resolvê-lo.

— Ao caso ou ao tenente?

— Ao tenente.

— Mas, decididamente, queres contar-me a história do tenente X!

— E tu não desejas senão que eu a conte.

— Palavra...

— Como toda a gente o sabe, o meu papel de *cicérone* seria triste, se me não adiantasse.

O criado viera com o café e a sacarina horrível. O voluntário *cicérone* afastou a sacarina.

— Conheceste a Mata Hari?

— Sim — fiz eu.

— Quando?

— Em Paris, quando amante do Malvy.

— Bela?

— Eu amo as bailarinas e achava-a bela, talvez por isso.

— A Mata Hari era bela. Holandesa de Java, bailadeira da Índia, ou muçulmana disfarçada, fosse o que fosse, ela era deliciosa. Deliciosa na rua, deliciosa no palco. Oh! Lembro-me bem dela a dançar, da sua força de sedução, nua, sob a Urama de ouro, com aquele movimento sensual das ancas, aquele torso, que era como um torno lento de luxúrias; aquele sorriso ao mesmo tempo febril e fixo, em que se abria o seu lábio de flor. Certos versos de Baudelaire...

— Sinceramente, não me meteste neste café para recitar uma composição literária sobre a falecida Mata Hari, e composição cuja falta de originalidade é agravada pela fatal citação de Baudelaire...

— Estás neurastênico?

— Estou fatigado.

— Mas a Mata Hari é um assunto. Achas que ela merecesse a execução?

Olhei o camarada, espantado.

— A severidade inglesa tem um defeito: é estúpida. Quanto mais severidade mais estupidez. Executar uma bailadeira, vendedora de beijos, é uma concepção só de cérebro inglês. Aliás, foi sempre assim.

— Aliás, a execução da Mata Hari foi na França.

— Por vontade inglesa.

— Sabes então do caso?

— Não. Deduzo, apenas.

— Pois, de fato, foi. A Mata Hari não fez mais do que mandar dizer aos alemães uma certa ofensiva francesa, anunciada em Paris, havia tempo, e sempre adiada, porque toda gente, antes dela realizada, era sabedora. Mata Hari, amante do Malvy, soube e disse.

— Fez o que as mulheres pagas fazem.

— E saberia na sua ignorância ávida o crime que cometia?

— Por que insistes na Mata Hari?

— Porque na morte ela se revelou extraordinária quanto à noção da sua beleza.

— Só?

— E por causa também do tenente X.

— Que tem um com o outro?

O cavalheiro bebeu mais um gole de café.

— Como deves saber, foi negada a Mata Hari a comutação da pena capital. Ela soube do irrevogável e pediu um favor, o único que lhe foi concedido. Na madrugada, que era a sua última manhã, nevava. O palco, onde estava o pelotão justiceiro, um grupo de homens, obedecendo, sem compreender, à ordem superior, desaparecia na brancura da neve. A luz do dia, lenta, parecia pedir à neve um pouco do seu palor para anunciar matinas. E, por isso, a claridade vaga era soturnamente sombria. Mas sobre a neve passeava o tenente X, encarregado de presidir à execução.

— Ah!

— À hora marcada, com o aparato normal, isto é, com a secura banal dessas tragédias da justiça, desceu o grupo que trazia Mata Hari ao pátio. Apenas, ela vinha pelo seu próprio pé e, quando ela chegou, a tarda luz pareceu aumentar. Com uma ciência de dama de Carracio, Mata Hari envolvia-se num imenso manto de arminho branco. Toda ela, naquela faustosa peliça, era um ardor nervoso de margaridas, de angélicas, de tuberosas, de brancuras acariciantes. E parecia esperar o automóvel, à saída de um dos estabelecimentos de prazer, após a noite em claro.

O tenente X, que vira a morte tanta vez, que matara e se defendera da morte, olhou-a transtornado. A bailadeira realizara o seu desejo. Estava pintada, *maquillée* como para entrar em cena, esmaltada como um ídolo de beleza — os lábios rubros, os dentes brilhantes, os olhos alongados.

Então o tenente X tomou de um lenço e quis vendar Mata Hari. Ela fez um gesto, em que lhe baixou o braço, num misto de negativa, de desprezo, de pouco caso e de sedução.

— Não é preciso. Onde devo ficar?

E caminhou para o canto do muro como se caminhasse para o canto da alcova. O seu olhar reluzia, olhando o tenente X; o seu lábio sorria, sorrindo ao tenente X.

— Ordene! — exclamou, abrindo o manto de arminho branco.

E do manto branco surgiu a flama do seu corpo, na trama de ouro do seu vestido de dançar. Disputando ao entrançado áureo a carícia daquela pele, daquelas linhas de carne palpitante, escorriam os cordões das pérolas, cintilavam as esmeraldas, as safiras, os rubis e gritavam como punhais os coriscos álgidos dos grossos diamantes nos dedos, nos pulsos, nos braços, nos tornozelos, no colo, nos seios, entre os seios, no ventre... Mata Hari, para morrer, pusera todas as suas joias. E ela própria, bárbara joia de luxúrias ignotas, chispava como a gema prima entre as gemas raras.

— Um...

Mata Hari olhava. Os seus olhos ardiam. Os soldados tinham as armas em pontaria.

— Dois...

Mata Hari olhava. O seu sorriso como que a desabrochava para o gozo. Os soldados olhavam-na.

— Três...

Mata Hari olhava, impassível, imperial, para o tenente X.

— Fogo!

A detonação foi como uma queda, desigual. Mata Hari continuava de pé, sorrindo. Os soldados tinham de tal forma sentido a sugestão da beleza, que erraram o alvo, alucinados. Então, o tenente X, doido, não podendo mais entre aquele olhar, que se infiltrava, e o seu dever, que fugia, o tenente X tomou do revólver e detonou. O corpo coruscante tombou entre os arminhos do manto, enchendo-o de sangue. O tenente aproximou-se. E viu Mata Hari morta, que o olhava, com o mesmo sorriso e o mesmo olhar.

— Curioso...

— O tenente esteve dois meses numa casa de saúde. Quis pedir demissão do exército. Deram-lhe um posto, onde só tem que se distrair. Mas o tenente perdeu a ilusão da glória e o prazer de viver. Diante dele perpetuamente olha a Mata Hari. E nessa tortura ele caminha para a insônia total...

Olhei de novo o tenente X. Ele continuava com os olhos inquietos, presos à banqueta do café, e a sua fisionomia era o mais dilacerante quadro de dor que se possa conhecer...

Publicada originalmente no jornal *O Paiz*, em 5 de julho de 1919.

João do Rio em 1917
[fotógrafo desconhecido]

"*Se a minha ação no jornalismo brasileiro pode ser notada é apenas porque desde o meu primeiro artigo assinado João do Rio eu nunca separei jornalismo de literatura, e procurei sempre fazer do jornalismo grande arte.*"
[João do Rio, s/d]

Revisão Liana Amaral, Ricardo Jensen de Oliveira,
Márcio Ferrari e Tamara Sender
Projeto gráfico Cristiane Muniz, Fernando Viégas e Casa36
Capa (adaptação) Kaio Cassio
Tratamento de imagens Lilia Góes

Diretor-executivo Fabiano Curi

Editorial
Graziella Beting (diretora editorial)
Kaio Cassio (editor-assistente)
Gabrielly Saraiva (assistente editorial/direitos autorais)
Lilia Góes (produtora gráfica)

Relações institucionais e imprensa Clara Dias
Comercial Fábio Igaki
Administrativo Lilian Périgo
Expedição Nelson Figueiredo
Atendimento ao cliente e livrarias Roberta Malagodi
Divulgação/livrarias e escolas Rosália Meirelles

Editora Carambaia
Av. São Luís, 86, cj. 182
01046-000 São Paulo SP
contato@carambaia.com.br
www.carambaia.com.br

copyright desta edição © Editora Carambaia, 2015, 2024

Crédito das imagens
p. 17 © Tarsila do Amaral Empreendimentos
pp. 18-19 © Biblioteca Nacional
pp. 268-269 Reprodução

O conteúdo deste livro é o mesmo do volume *Crônica*, que fez parte da caixa Coleção João do Rio, lançada pela Carambaia em 2015, e reeditada na Coleção Acervo em 2019.

CIP-BRASIL. CATALOGAÇÃO NA PUBLICAÇÃO
SINDICATO NACIONAL DOS EDITORES DE LIVROS, RJ

R452g
Rio, João do, 1881-1921
Gente às janelas : crônicas / João do Rio ;
seleção, apresentação e introdução Graziella Beting.
1. ed. — São Paulo : Carambaia, 2024.
272 p. ; 18 cm.

ISBN 978-65-5461-074-2

1. Crônicas brasileiras. I. Beting, Graziella. II. Título.

24-92008   CDD: 869.8   CDU: 82-94(81)
Meri Gleice Rodrigues de Souza — Bibliotecária CRB-7/6439

Fontes Emblema, Prensa
Papel Pólen Bold 70 g/m²
Impressão Geográfica